FOLIO JUNIOR

théâtre

L'Âne et le Ruisseau

Alfred de Musset

Petit carnet de mise en scène
de Nicolas Lormeau,
pensionnaire de la Comédie-Française

Gallimard Jeunesse

Sommaire

L'Âne et le Ruisseau

Personnages

L<small>E</small> M<small>ARQUIS DE</small> B<small>ERNY</small>
L<small>E</small> B<small>ARON DE</small> V<small>ALBRUN</small>
L<small>A</small> C<small>OMTESSE</small>
M<small>ARGUERITE,</small> sa cousine.

PROLOGUE (DE *LES MARRONS DU FEU* DE MUSSET)

Mesdames et messieurs, c'est une comédie,
Laquelle, en vérité, ne dure pas longtemps ;
Seulement que nul bruit, nulle dame étourdie
Ne fasse aux beaux endroits tourner les assistants.
La pièce, à parler franc, est digne de Molière :
Qui le pourrait nier ? Mon groom et ma portière,
Qui l'ont lue en entier, en ont été contents.

Le sujet vous plaira, seigneurs, si Dieu nous aide ;
Deux beaux fils sont rivaux d'amour. La signora
Doit être jeune et belle, et si l'actrice est laide,
Veuillez bien l'excuser. – Or, il arrivera
Que les deux cavaliers, grands teneurs de rancune,
Vont ferrailler d'abord. – N'en ayez peur aucune ;
Nous savons nous tuer, personne n'en mourra.

Mais ce que cette affaire amènera de suites,
C'est ce que vous saurez, si vous ne sifflez pas.
N'allez pas nous jeter surtout de pommes cuites
Pour mettre nos rideaux et nos quinquets à bas.

Nous avons pour le mieux repeint les galeries. –
Surtout considérez, illustres seigneuries,
Comme l'auteur est jeune, et c'est son premier pas.

La scène est à Paris.

SCÈNE PREMIÈRE

Un salon.

La Comtesse, Marguerite

MARGUERITE

Je ne saurai donc pas ce qui vous afflige ?

LA COMTESSE

Mais je te dis que ce n'est rien. Ce monde, ce bruit,
que sais-je ? Un peu de migraine. J'avais cru me dis-
traire, et je me fatiguais.

Elle s'assied.

MARGUERITE

Savez-vous, ma belle cousine, que je ne vous reconnais plus ! Vous qui n'aviez jamais un moment d'en-
nui, vous qui étiez la bonté même, je vous trouve
maintenant…

LA COMTESSE

Sais-tu, ma chère Marguerite, que tu débutes justement comme une scène de tragédie ? Vous qui étiez
jadis… je vous trouve maintenant… Et quoi donc ?

MARGUERITE

Eh bien ! comme on dit… triste… languissante…

LA COMTESSE

Ah ! languissante ! Parles-tu déjà comme ton bien-
aimé M. de Berny ?

MARGUERITE

Mon bien-aimé ! Cela vous plaît ainsi. Vous vous
moquez de moi ; mais vous soupirez, vous êtes
inquiète. Je n'y comprends rien, car vous êtes si
belle ! et vous êtes jeune, veuve et riche, vous allez
épouser le baron.

LA COMTESSE

Ah ! Marguerite, que dis-tu ?

MARGUERITE

Vous voyez bien que vous soupirez. Il est vrai que
M. de Valbrun est quelquefois de bien mauvaise
humeur ; c'est un caractère singulier. Est-ce que
vous avez à vous plaindre de lui ?

LA COMTESSE

Je n'ai qu'à répondre à tes questions. Quelle grave confidente j'aurais là !

MARGUERITE

Grave, non ; mais discrète au moins. Vous croyez, parce que je ne suis pas… bien vieille… qu'on ne saurait rien me confier. Moi, si j'avais le moindre chagrin… mais je n'en ai pas…

LA COMTESSE

Grâce à Dieu !

MARGUERITE

Je vous le raconterais tout de suite, comme à une amie… pardon… je veux dire… comme à une sœur qui aurait remplacé ma mère, car c'est bien ce que vous avez fait ; vous êtes mon seul guide en ce moment, mon seul appui, ma protectrice ; vous avez recueilli l'orpheline ; mon tuteur vous laisse faire tout ce que vous voulez (il a bien raison, le pauvre homme !) Mais je ne suis ni ingrate, ni sotte, ni bavarde, et, si vous avez de la peine, il est injuste de ne pas me le dire.

LA COMTESSE

Tu n'es certainement ni sotte ni ingrate ; pour bavarde…

MARGUERITE

Oh! Ma chère cousine!

LA COMTESSE

Oh! Ma chère cousine! Quelquefois... par hasard... dans ce moment-ci, par exemple, vous avez, mademoiselle, ne vous en déplaise, un peu beaucoup de curiosité. Et pourquoi? Cela se devine. M. de Berny doit vous épouser... ne rougissez pas, c'est chose convenue; pour ce qui est de ma protection, avec votre petite mine et votre petite fortune, vous vous en passeriez très bien; mais mon mariage doit précéder le vôtre, c'était du moins ce qu'on avait dit... je ne sais trop pour quelle raison... car je suis libre... je puis disposer de moi... comme je l'entends... rien n'est décidé... tout peut être rompu d'un jour à l'autre... je ne sais trop moi-même, non, en vérité, je ne saurais dire... et voilà d'où viennent vos questions.

MARGUERITE

Non, madame, non; pour cela, je ne suis pas pressée de me marier, mais pas du tout, et ce jeune homme...

LA COMTESSE

Vrai, pas du tout! Tu n'aimes pas ce jeune homme? Tu n'as pas fait cent fois son éloge?

MARGUERITE

Je conviens que je le trouve… assez bien.

LA COMTESSE

Quoi! Tu n'as pas dit que tu le trouvais charmant?

MARGUERITE

Oh! charmant! Il a de bonnes manières, mais il est quelquefois d'une impertinence…

LA COMTESSE

Que personne n'avait autant d'esprit que lui?

MARGUERITE

Oui, de l'esprit, il en a, si l'on veut; mais je n'ai pas dit que personne…

LA COMTESSE

Autant de grâce, de délicatesse…

MARGUERITE

Pour de la délicatesse, c'est possible : mais de la grâce, fi donc! Est-ce qu'un homme a de la grâce?

LA COMTESSE

Enfin, que tu ne demandais pas mieux…

MARGUERITE

C'est possible, il ne me déplaît pas ; mais pour ce qui est d'avoir de l'amour… il est si étourdi, si léger !…

LA COMTESSE

Et Mlle Marguerite n'est ni légère ni étourdie ! Eh bien donc ! tu le rendras sage, tu en feras un homme sérieux, un philosophe, et il te fera marquise… La gentille marquise que je vois d'ici ! Vous babillerez, d'abord, tout le jour, vous vous disputerez, c'est votre habitude…

MARGUERITE

Puisque vous dites qu'on doit nous marier.

LA COMTESSE

C'est pour cela que vous êtes en guerre ?

MARGUERITE

On dit que, dans un bon ménage, on se querelle toujours de temps en temps. Puisque je dois l'épouser, j'essaye.

LA COMTESSE

Voyez le beau raisonnement ! Est-ce à ta pension qu'on t'a appris cela ? Une femme qui aime son mari…

MARGUERITE

Mais je vous dis que je ne l'aime pas.

LA COMTESSE

Et tu l'épouses ?

MARGUERITE

Oui, puisqu'on le veut, puisque mes parents
l'avaient décidé, puisque mon tuteur me le
conseille, puisque vous le désirez vous-même...

LA COMTESSE

Tu te résignes ?

MARGUERITE

J'obéis... Je fais un mariage de raison.

LA COMTESSE

Quelle sagesse ! Quelle obéissance ! Tu me ferais
rire, malgré que j'en aie... Eh bien, ma chère, tu ne
l'aimes pas, tu ne l'aimeras même jamais, si tu veux,
j'y consens ; mais il ne te déplaît pas, et il te plaira.
(Tristement.) Va, tu seras heureuse !

MARGUERITE

Je n'en sais rien.

LA COMTESSE

Moi, je le sais, et avec sa légèreté, je ne te donnerais pas à lui, si j'en connaissais un plus digne. Je ne dirai pas comme toi que je le trouve incomparable…

MARGUERITE

Vous me désolez.

LA COMTESSE

Non, non ; mais ce que je sais fort bien, c'est que, malgré cette apparence d'étourderie et de frivolité, M. de Berny est un ami sûr, un homme de cœur, tout à fait capable de servir de guide, dans ses premiers pas, à une enfant qui, ne t'en déplaise…

MARGUERITE

Lui, me servir de guide !… Ah ! je prétends bien… pour cela, nous verrons…

LA COMTESSE

Sans doute, tu prétends bien…

MARGUERITE

Oui, je prétends, s'il a du cœur et de l'honneur, en avoir tout autant que lui ; je prétends savoir me conduire ; je prétends qu'on ne me guide pas ; je ne souffrirai pas qu'on me guide ; je sais ce que j'ai à faire, apparemment; je prétends être maîtresse chez moi. Et s'il a de ces ambitions-là…

LA COMTESSE
Eh bien?

MARGUERITE
Eh bien! qu'il ose me le dire en face, je lui apprendrai!… qu'il se montre!… Ah! M. de Berny, vous nous imaginez…

SCÈNE II
Les mêmes, un Domestique

LE DOMESTIQUE
M. de Berny.

MARGUERITE
Permettez que je me retire.

LA COMTESSE
Pourquoi donc? Et cette belle colère? *(Au domestique.)* Priez qu'on entre.
Le domestique sort.

MARGUERITE
J'ai à écrire.

LA COMTESSE

Oh! sans doute! Il faut que tu donnes à quelqu'une de tes bonnes amies des nouvelles de ta robe neuve.

SCÈNE III

Les mêmes, le Marquis

LE MARQUIS

Bonjour, mesdames. Je ne vous demande pas comment vous allez ce matin, je vous ai vues tout à l'heure aux courses, et vous étiez éblouissantes.

LA COMTESSE

Vous vous serez trompé de visage.

LE MARQUIS

Non, vraiment; mais qu'avez-vous donc? Il me semble, en effet, voir un air de mélancolie… Je vous annonce le baron, plus sombre et plus noir que jamais.

MARGUERITE

Il nous manquait cela! Je m'enfuis.

LE MARQUIS

Laissez, laissez, vous avez le temps. Je l'ai rencontré dans les Tuileries, qui se promenait d'un air funèbre, au fond d'une allée solitaire. Il s'arrêtait de temps en temps avec des attitudes de méditation. Quelqu'un qui ne le connaîtrait pas aurait cru qu'il faisait des vers.

MARGUERITE

Et M. le marquis n'admet pas qu'on puisse avoir un goût qui lui manque?

LE MARQUIS

Ah! Ah! je n'y prenais pas garde; j'arrive ici comme Mascarille, sans songer à mal, et je ne pense pas qu'il faut me tenir sur le qui-vive. Eh bien! Ma charmante ennemie, que dites-vous, ce matin, mademoiselle Margot?

MARGUERITE

D'abord, je vous ai défendu de m'appeler de cet affreux nom-là.

LE MARQUIS

Défendu! Ah! c'est mal parler; vous voulez dire que cela vous contrarie. Vous avez raison; cela choque ce qu'il y a en vous de majestueux. *(À la comtesse.)* Décidément, vous êtes préoccupée.

LA COMTESSE

Oui, je vous parlerai tout à l'heure.

MARGUERITE

Je suis de trop ici.

LA COMTESSE

Non, ma chère.

LE MARQUIS

Si fait, si fait. Point de cérémonie : entre mari et femme, on se dit ces choses-là.

MARGUERITE

Et c'est pourquoi j'espère bien ne jamais les entendre de votre bouche.

LE MARQUIS

Fi ! Ce n'est pas d'une belle âme de déguiser ce qu'on désire le plus et de renier ses plus tendres sentiments.

MARGUERITE

Ah ! que cela est bien tourné ! On voit que le beau langage vous vient de famille, et que votre bisaïeul avait de l'esprit. Il y a dans vos propos un parfum de l'autre monde. Je vous enverrai un de ces jours une perruque.

LE MARQUIS

Et je vous ferai cadeau d'un bonnet carré, afin de vous donner plus de poids et l'air plus respectable

encore. — Mais, dites-moi donc, avant de vous en
aller, je voudrais savoir, là, franchement, quelle est,
parmi mes mauvaises qualités, celle qui vous a ren-
due amoureuse de moi.

MARGUERITE

Toutes ensemble, apparemment, car, dans le
nombre, le choix serait trop difficile.

LE MARQUIS

Cet aveu-là n'est pas sincère. Dans le plus parfait
assemblage, il y a toujours quelque chose qui l'emporte, qui prime, cela ne peut échapper. Vous, par
exemple, tenez, mademoiselle Margot… non…
Marguerite… il suffit de vous connaître pour
s'apercevoir clairement que votre mérite particulier, c'est un grand fonds de modestie.

MARGUERITE

Oui, si j'en ai la moitié autant que vous possédez de
vanité.

LE MARQUIS

Ma vanité est toute naturelle; elle me vient de
vous. Que voulez-vous que j'y fasse? Lorsqu'on se
voit distingué tout à coup par une si charmante
personne…

MARGUERITE

Oh! très distingué, en effet; je suis bien loin de vous confondre avec le reste des mortels qui ont le malheur vulgaire d'avoir le sens commun.

LE MARQUIS

Bon! voilà encore qui n'est pas poli. Mais je vois bien ce que c'est, et je vous pardonne. Vous ne querellez que pour faire la paix. Et quelle jolie paix nous avons à faire! Allons, donnez-moi votre petite main.

Il veut lui baiser la main.

MARGUERITE

Je vous déteste. – Adieu, monsieur.

LE MARQUIS

Adieu, cruelle.

SCÈNE IV

La Comtesse, le Marquis

LA COMTESSE

Vous vous querellerez donc sans cesse?

LE MARQUIS

C'est que je l'aime de tout mon cœur. Ne dois-je
pas être son mari?

LA COMTESSE

D'accord, mais…

LE MARQUIS

Est-ce qu'elle hésite?

LA COMTESSE

Elle dit qu'elle n'est pas pressée.

LE MARQUIS

Nous verrons bien. Parlons de vous; qu'est-il donc
arrivé?

LA COMTESSE

Rien de nouveau. — Mais dites-moi, comment
voyez-vous de prime abord, en arrivant ici, que j'ai
quelque sujet d'inquiétude?

LE MARQUIS

Il n'est pas difficile de voir si les yeux sont tristes ou
non.

LA COMTESSE

Bon! triste, on l'est pour cent raisons dont pas une
souvent n'est sérieuse. Si vous rencontrez un de vos

amis et qu'il ait l'air moins gai que la veille, allez-vous lui demander pourquoi? Cela arrive à tout le monde.

Le Marquis

À tout le monde, soit, je ne demanderai rien et ne m'en soucie pas davantage; mais aux personnes qu'on aime, c'est autre chose, et je vous demande la permission d'oser y voir clair avec vous. – Je reviens à mon dire : qu'est-il arrivé?

La Comtesse

Je vous le répète, rien de nouveau, et c'est justement ce qui me désespère. Votre ami est si étrange, si bizarre…

Le Marquis

Ah! oui, il ne se décide pas. C'est un peu comme la petite cousine.

La Comtesse

Oh! c'est bien pire, et que voulez-vous? Notre mariage était… convenu… Je ne sais vraiment…

Le Marquis

Est-ce que je vous intimide?

LA COMTESSE

Non, non, vous êtes presque mon parent, d'ailleurs, j'ai toute confiance en vous, et j'ai besoin de parler franchement. Vous connaissez, n'est-ce pas, la position singulière où je me trouve ? Veuve et libre, j'ai une famille qui ne peut, il est vrai, disposer de moi, mais dont je ne voudrais, sous aucun prétexte, me séparer entièrement ; je ne suis pas forcée de suivre les conseils qu'on peut me donner, mais vous comprenez que les convenances…

LE MARQUIS

Oui, les convenances… et mon ami Valbrun.

LA COMTESSE

M. de Valbrun, avant mon mariage, avait, vous le savez, demandé ma main. Depuis ce temps-là, il s'était éloigné, il était allé… je ne sais où ; je ne l'ai plus revu. Maintenant il est revenu, il a renouvelé sa demande ; elle n'a point été repoussée, et… comme je vous le disais, les convenances, les intérêts de famille, et même une inclination réciproque… je ne vous cache rien…

LE MARQUIS

À quoi bon ?

LA COMTESSE

Tout s'unissait, s'accordait à merveille. Voilà trois mois que les choses sont ainsi. Il me voit tous les jours, et il ne dit mot.

LE MARQUIS

Cela doit être fatigant.

LA COMTESSE

Que puis-je faire? Attendrai-je un hasard, une éclaircie dans cette obscurité, et qu'une fantaisie lui prenne de me rappeler une parole donnée? Il y avait encore, pour ma terre de Cernay, pour des arrérages, je ne sais quoi, quelques petites difficultés. Elles sont résolues d'hier; je viens d'en recevoir l'avis. Lui en parlerai-je la première?

LE MARQUIS

Ma foi, oui. Si vous me consultez, ce serait ma façon de penser. Je connais Valbrun depuis l'enfance : c'est le plus honnête garçon du monde; mais il ne sait jamais ce qu'il veut. Est-ce timidité, est-ce orgueil, est-ce seulement de la faiblesse? C'est tout cela peut-être à la fois. Quand la timidité nous tient à la gorge, elle gâte tout, elle se mêle à tout, même aux choses qui semblent lui être le plus opposées. Voilà un homme qui vous aime, qui vous adore, j'en réponds : il se battrait cent fois, il se jetterait au feu pour vous : mais c'est une entreprise au-dessus de ses forces que de se décider à acheter un cheval, et, s'il entre dans un salon, il ne sait où poser son chapeau.

LA COMTESSE

Ne serait-il pas dangereux d'épouser ce caractère-là ?

LE MARQUIS

Point du tout, car ce n'est pas le vôtre. D'ailleurs, il n'est ainsi que lorsqu'il est tout seul. Il demandera, peut-être, alors son chemin : mais, qu'il vous donne le bras, il le saura de reste.

LA COMTESSE

Vous m'encouragez, je le vois. Mais est-il possible à une femme d'aborder de certaines questions...

LE MARQUIS

Eh ! madame, ne l'aimez-vous pas ?

LA COMTESSE

Mais êtes-vous bien sûr qu'il m'aime ? Cette Mme Darcy...

LE MARQUIS

Ah ! Voilà le lièvre. C'est en pensant à cette femme-là que vous me disiez tout à l'heure que ce pauvre

baron, après votre mariage, était allé je ne sais où…
Mais vous parliez d'histoire ancienne.

LA COMTESSE

Croyez-vous qu'il en soit tout à fait… détaché?

LE MARQUIS

Vous pourriez dire quelque chose de plus… mais
pour détaché, sans nul doute, car il n'en parle plus,
maintenant, pas même pour en dire du mal.

LA COMTESSE

Il l'a beaucoup aimée?

LE MARQUIS

On ne peut pas davantage. Cette cruelle maladie,
qui a failli le mettre en terre, et cette défiance bou-
deuse qu'il en a gardée, sont autant de cadeaux de
cette charmante personne. Ah, morbleu! celle-là, si
je la tenais!…

LA COMTESSE

Est-ce que vous êtes vindicatif?

LE MARQUIS

Non pas pour moi, je n'ai pas de rancune, et je ne
fais point de cas de colères conservées. Mais ce

pauvre Henri, qui, avec ses vertiges, est le plus franc, le plus brave garçon… la bonne dupe !

LA COMTESSE

Lui donnez-vous ce nom parce qu'il lui est arrivé… de se tromper ? C'est votre ami.

LE MARQUIS

Oui, et c'est pour cela même que je serais capable, Dieu me pardonne !… Oui, et ensuite, je ne saurais dire… mais je déteste la fausseté, la perfidie, tout l'arsenal des armes féminines ; je sais bien qu'on peut s'en servir utilement, mais cela me répugne ; et c'est ce qui fait que, si je n'aimais pas votre cousine, je serais amoureux de vous.

LA COMTESSE

Voulez-vous que je le lui dise ?

LE MARQUIS *(à la fenêtre)*

Si cela vous plaît. Voici le baron lui-même, je le reconnais… il traverse la cour bien lentement… Il revient sur ses pas… entrera-t-il ? c'est à savoir.

LA COMTESSE

Monsieur de Berny, le cœur me manque.

LE MARQUIS

À quel propos ?

LA COMTESSE

Je ne puis, non je ne puis suivre le conseil que vous me donnez. Parler la première... oser dire... mais c'est lui avouer... songez donc!...

LE MARQUIS

Je ne songe point. Parlez, madame ; osez, je suis là.

LA COMTESSE

Quoi! devant vous!

LE MARQUIS

Eh! oui, devant moi. Voyez le grand mal!

LA COMTESSE

Mais s'il hésite, s'il refuse?

LE MARQUIS

Eh bien! madame, eh bien! Qu'en peut-il arriver? Voyez-vous les Romains...

LA COMTESSE

Mais taisez-vous donc, je l'entends.

LE MARQUIS

Bon! vous ne le connaissez pas. Il est bien homme à se présenter, comme cela, tout naturellement! Il va longtemps rêver dans l'antichambre, il va frémir dans la salle à manger, et il se demandera en traversant le salon s'il ne ferait pas mieux de s'aller noyer.

LA COMTESSE

Vous me faites rire malgré moi, comme Marguerite tout à l'heure. Ah ! vous êtes bien faits l'un pour l'autre !… mais je vous répète que le courage me manque.

LE MARQUIS

Et je vous répète qu'il vous aime. Si je n'en étais pas convaincu, vous donnerais-je ce conseil que vous n'osez suivre ? Vous le donnerais-je pour tout autre que Valbrun ? Vous dirais-je un mot, Dieu m'en garde ! s'il s'agissait d'un mannequin à la mode ou seulement d'un homme ordinaire ?… Mais il s'agit ici d'un entêté, et en même temps d'un irrésolu. Mais il vous aime… il serait bien bête ! Et vous l'aimez, vous êtes fiancés, vous êtes sa promise, comme on dit dans le pays.

LA COMTESSE

Mais je suis femme.

LE MARQUIS

Il est honnête homme ; je jurerais sur sa parole comme sur la mienne. Que craignez-vous ? Allons, madame, un peu de courage, un peu de bonté, un

peu de pitié, car vous n'avez seulement qu'à sourire!…

LA COMTESSE

Vous croyez? Mais, si vous restez, vos plaisanteries
vont lui faire peur.

LE MARQUIS

Point du tout, je ne dirai rien, je vais regarder vos
albums.

Il s'assied près d'une table.

SCÈNE V

Les mêmes, le Baron

LA COMTESSE

C'est vous, monsieur? Comment vous va?

LE BARON

Madame, je me reprochais d'avoir passé hier la
journée sans vous voir; j'ai été forcé… malgré
moi… *(Au marquis.)* Bonjour, Édouard; j'ai été
obligé…

LA COMTESSE

Vous avez été obligé…

LE BARON

Oui, j'ai été… à la campagne. Cela repose… cela distrait un peu.
Il s'assied.

LA COMTESSE

Sans doute ; c'est très salutaire.

LE BARON

Oui, madame, et je craignais fort de ne pas vous trouver aujourd'hui.

LA COMTESSE

Pourquoi ? Vous deviez être bien sûr de l'impatience que j'aurais de vous voir. Autrefois vous étiez moins rare.

LE BARON

Ceci n'est pas un reproche, j'espère ?

LA COMTESSE

Non ; pourquoi vous en ferais-je ? Vous n'en méritez sûrement pas.

LE BARON

Non, madame ; et je crois que vous me rendez trop de justice pour penser autrement de moi.

LA COMTESSE

Si je vous soupçonnais d'oublier vos amis, je me le reprocherais comme un crime.

LE BARON

Oui… vous avez raison, c'en serait un véritable… Allez-vous ce soir à l'Opéra ?

LA COMTESSE

Je n'en sais rien. Je ne suis pas bien portante.

LE BARON

Cela est fâcheux.

Pendant cette scène, le marquis regarde souvent la comtesse en donnant des signes d'impatience.

LA COMTESSE

Oh ! ce ne sera rien. À propos, baron, je voulais vous dire… *(À part.)* Je n'oserai jamais, c'est impossible ! *(Haut.)* Comment se porte Mme d'Orvilliers ?

LE BARON

Ma tante ? Fort bien, je vous remercie. Elle va partir aussi pour la campagne.

LA COMTESSE

Comment, aussi ? Est ce que vous y retournez ?

LE BARON

Je n'en sais rien, cela dépendra de certaines circonstances…

LA COMTESSE

De certaines circonstances… et ces circonstances
ne dépendent-elles pas de vous?

LE BARON

Pas tout à fait. On n'est pas toujours maître de ses
actions.

LA COMTESSE

Vous me surprenez. Il me semblait que vous
m'aviez dit… dernièrement… que vous étiez indé-
pendant, par votre positon, comme par votre fortune, que rien ne vous gênait, ne vous contraignait.
C'est comme moi, qui suis parfaitement libre, et
qui puis, à mon gré, disposer de moi.

LE BARON

Je suis bien libre aussi, si vous voulez; mais je n'ai
pas encore pris mon parti.

LA COMTESSE

C'est ce que je vois.

LE MARQUIS *(assis, à part)*

La peste l'étouffe !

LE BARON

Oui, c'est embarrassant. Les uns me conseillent l'exercice, les autres le repos absolu. Il est bien vrai qu'à la campagne on peut trouver l'un et l'autre, à son choix.

LA COMTESSE

Sans doute. À propos de campagne, je voulais vous dire… *(À part.)* Quelle fatigue ! *(Haut.)* La vôtre n'est pas loin de Paris ?

LE BARON

Oh, mon Dieu ! non, madame, c'est à deux pas derrière Choisy, c'est un parc anglais, et, si j'osais jamais espérer que votre présence vînt l'embellir…

LA COMTESSE

Mais cela pourrait se faire… je ne dis pas non… Je me souviens même…

LE BARON *(se levant et saluant)*

Je serais heureux de vous recevoir.

LA COMTESSE

Où allez-vous donc ?

LE BARON

Je ne voulais que vous voir un instant. Je… je reviendrai… si vous le permettez.

Il salue de nouveau et veut s'en aller. Le marquis fait signe à la comtesse de le retenir.

LA COMTESSE

Vous n'êtes pas si pressé! Restez donc là. J'ai à vous parler.

LE BARON

Comme vous voudrez. *(Il se rassied.)*

LA COMTESSE *(à part)*

Berny le gêne, j'en étais sûre. *(Haut.)* C'est au sujet de ma terre de Cernay, vous savez… *(À part.)* Je suis au supplice…

SCÈNE VI

Les mêmes, Marguerite

MARGUERITE *(ouvrant la porte sans entrer)*

Ma cousine…

LA COMTESSE

Eh bien! qu'est-ce donc?

MARGUERITE

M. de Berny est-il parti?

LE MARQUIS

Non, mademoiselle, et j'examine là de charmants dessins qui ne sont pas signés, mais qui n'ont que faire de l'être; à cette fine touche, on reconnaît la main.

MARGUERITE

Écrivez-moi un madrigal au bas.

LE MARQUIS

Que me donnerez-vous pour ma peine?

MARGUERITE

Je vous l'ai dit : une perruque.

LE MARQUIS

Et je vous rendrai une couronne.

MARGUERITE

De feuilles mortes?

LE MARQUIS

De fleurs d'oranger.

MARGUERITE

Je n'en ai que faire.

LE MARQUIS

Venez donc, venez donc !

MARGUERITE

Je n'ai pas le temps.

SCÈNE VII

La Comtesse, le Marquis, le Baron

LE BARON

Il est bien vrai que ces dessins sont parfaits. *(À la comtesse)* Vous me disiez, madame…

LA COMTESSE

Mais… je ne sais plus…

LE BARON

Vous parliez, je crois, de votre terre…

LA COMTESSE

Ah ! oui, de ma terre… Vous savez que j'ai failli avoir un procès ; tout est arrangé maintenant, et les formalités nécessaires seront terminées dans peu de jours.

LE BARON

Dans peu de jours ?

LA COMTESSE

Oui, j'ai reçu une lettre.

LE BARON

Ah!... une lettre?

LA COMTESSE

Oui... elle est par là...

LE MARQUIS *(à part)*

Ils me font pitié; je n'y tiens pas. *(Haut.)* Henri,
veux-tu que je m'en aille?

LE BARON

Pourquoi donc?

LE MARQUIS

Je crains d'être importun. Je suis resté ici à regarder des images, comme si j'étais de la maison. Je
crains de t'empêcher de dire à la comtesse toute la
joie que tu éprouves de voir que rien ne s'oppose
plus...

LE BARON

J'espère, madame, que vous ne croyez pas qu'un
détail d'intérêt puisse rien changer à ma façon de
penser. Je craignais, il est vrai, les obstacles...

LE MARQUIS
Il n'y en a plus.

LE BARON
Dit-il vrai, madame ?

LA COMTESSE
Mais… *(Le marquis lui fait signe.)* Oui, monsieur.

LE BARON *(froidement)*
Vous me ravissez. J'espère encore que vous ne doutez pas… combien je désire… que rien ne retarde l'instant… *(Il se lève.)* Si vous n'allez pas ce soir à l'Opéra, je vous demanderai la permission…

LE MARQUIS
Que diantre as-tu donc tant à faire ?

LE BARON *(troublé)*
Une course dans le voisinage, chez un… chez un voisin… oui, madame, ce ne sera pas long. Je reviendrai, puisque vous le voulez bien.

LA COMTESSE
Revenez tout de suite.

LE BARON
Oui, madame.

LA COMTESSE

Vous me le promettez?

LE BARON

Certainement; que voulez-vous que je fasse quand je ne vous vois pas?

Il salue et sort.

SCÈNE VIII

La Comtesse, le Marquis

LA COMTESSE

Eh bien! monsieur, vous dites qu'il m'aime? Ah! je suffoque!

LE MARQUIS *(se levant)*

Il est véritable que ce garçon-là est… surprenant.

LA COMTESSE

Vous l'avez vu, vous l'avez entendu. J'ai fait ce que vous désiriez. Je vous demande maintenant s'il est possible que je joue plus longtemps un pareil rôle, et si je puis consentir à me voir traitée ainsi. Avec quel embarras, avec quelle froideur il m'a écoutée, il m'a répondu! Vous avez beau dire, il ne m'aime pas, ou plutôt il en aime une autre, Mme Darcy ou qui vous voudrez, peu importe. Toujours est-il que je ne suis pas faite à de pareilles façons. Et quand j'admettrais votre idée que, malgré ses impertinences, il m'est attaché au fond de l'âme, à quoi bon? Ne voulez-vous pas que j'entreprenne de le guérir de son humeur noire, et que je me fasse, de gaieté de cœur, la très humble servante d'un bourru malfaisant? Non, eût-il cent belles qualités et les meilleurs sentiments du monde, son hésitation est quelque chose d'outrageant. Je rougis de ce que je viens de lui dire, je suis humiliée, je suis... je suis offensée!...

LE MARQUIS
Je ne vois qu'un seul moyen pour accommoder cela.

LA COMTESSE
Et lequel?

LE MARQUIS
Rendez-le jaloux.

LA COMTESSE
Que voulez-vous dire?

LE MARQUIS
Cela s'entend. Rendez-le jaloux. Il se prononcera; sinon vous le mettrez à la porte, et je ne le reverrai moi-même de ma vie.

LA COMTESSE

Vous m'avez déjà donné un triste conseil, et je n'entends rien à ces finesses-là.

LE MARQUIS

Bon! des finesses? Un moyen si simple qu'il est usé à force d'être rebattu, un vieux stratagème qui traîne dans tous les romans et tous les vaudevilles, un moyen connu, un moyen classique! Prendre un ton d'aimable froideur ou d'outrageante coquetterie, se rendre visible ou inabordable selon le temps qu'il fait ou l'esprit du moment; inviter un pauvre diable à une soirée, et le laisser deux heures sur sa chaise sans daigner jeter les yeux sur lui ni lui adresser une parole; prendre au bal, pour faire une promenade, le bras d'un beau valseur bien fait, et sourire mystérieusement en regardant la victime par-dessus l'épaule; puis, changer d'idée tout à coup, lui faire signe, l'appeler près de soi, et lorsque sa passion, trop longtemps contenue, murmure de doux reproches ou de tendres prières, répéter tout haut, d'un air bien naïf, devant une douzaine d'indifférents, tout ce que le personnage vient de dire… Et s'en aller surtout, s'en aller à propos, disparaître comme Galatée!… Je ne finirais pas si je voulais détailler. L'arme la plus acérée, c'est la coquetterie; la plus meurtrière, c'est le dédain. Et vous ne voulez pas tenter une expérience si natu-

relle? Mais vous n'avez donc rien vu, rien lu?…
vous manquez de littérature.

LA COMTESSE

Il me semble que tout à l'heure vous détestiez les
ruses féminines.

LE MARQUIS

Un instant! Il s'agit de tromper un homme pour le
rendre heureux; ce n'est pas là une ruse ordinaire
et je vous ai dit qu'à l'occasion…

LA COMTESSE

Êtes-vous bien convaincu de ma maladresse?

LE MARQUIS

Eh, grand Dieu! Je n'y songeais pas. Je vous
demande pardon, je fais comme Gros-Jean qui en
remontrait…

LA COMTESSE

Non, monsieur de Berny, je ne veux pas me servir
de vos espiègleries, je n'en ai ni le talent ni le goût.
Si je frappais, j'irais droit au but. Mais votre idée
peut être juste; je vous le répète : je suis offensée,
et, quand pareille chose m'arrive… je suis
méchante, toute bonne que je suis… je fais mieux
que railler, je me venge.

LE MARQUIS

Courage! comtesse! c'est le plaisir des dieux.

LA COMTESSE

Le rendre jaloux! M'aime-t-il assez pour cela?

LE MARQUIS

Nous verrons bien. Il ne veut pas parler, mettez-le à la question, comme dans l'ancien bon vieux temps.

LA COMTESSE

Le rendre jaloux! Lui renvoyer l'humiliation qu'il m'a fait subir! Lui apprendre à souffrir à son tour!

LE MARQUIS

Oui, il vous aime par trop niaisement, trop naturellement; c'est impardonnable.

LA COMTESSE

Oui, l'idée est bonne, elle est juste; on n'agit pas comme lui impunément. Oui, c'en est fait; j'ai trop souffert, mon parti est pris. Le rendre jaloux.

LE MARQUIS

Certainement. Je vous dis, il est naïf, il est honnête, il est bon et faible. Il faut le désoler, le mettre au désespoir, il faut que justice se fasse.

LA COMTESSE

Le rendre jaloux, mais de qui?

LE MARQUIS

De qui vous voudrez.

LA COMTESSE

Eh bien, de vous.

LE MARQUIS

Cela ne se peut pas. Il sait que j'aime votre cousine.

LA COMTESSE

Il sait aussi qu'on peut être infidèle.

LE MARQUIS

Les hommes ne savent point cela.

LA COMTESSE

Vous me conseillez une vengeance, et vous n'osez m'aider à l'exécuter! Je vous dis que je suis décidée; monsieur le marquis, est-ce que vous avez peur?

LE MARQUIS

Je ne crois pas.

LA COMTESSE

Mettez-vous là, et faites ce que je vais vous dire.

LE MARQUIS

Non, réellement, c'est impossible.

LA COMTESSE

Cependant je ne peux me fier qu'à vous pour tenter, comme vous dites, une pareille épreuve. Voulez-
vous que je m'adresse au premier venu ? Je me
charge de prévenir Marguerite. Vous seul êtes sans
danger pour moi.

LE MARQUIS

Par exemple, voilà qui est honnête ! Je me rends ;
que voulez-vous que je fasse ?

LA COMTESSE

Mettez-vous là, et écrivez.

LE MARQUIS

Tout ce que vous voudrez. *(Il s'assied devant la table.)*
Pour ce qui est de prévenir votre cousine, je vous
prie en grâce de n'en rien faire.

LA COMTESSE

Pourquoi ? cela peut l'affliger.

LE MARQUIS

Et si je veux faire aussi ma petite épreuve ? Laissez-
moi donc ce plaisir-là. Ne m'avez-vous pas dit

qu'elle avait montré à mon égard, pour notre futur mariage, quelque chose… là… comme de l'hésitation?

LA COMTESSE

Mais… oui.

LE MARQUIS

Eh bien! comme on dit, nous ferons d'une pierre deux coups.

LA COMTESSE

Mais vous savez que Marguerite vous aime.

LE MARQUIS

Valbrun ne vous aime-t-il pas? Qu'en savez-vous d'ailleurs?

LA COMTESSE

Elle me l'a dit.

LE MARQUIS

Non pas à moi.

LA COMTESSE

Et vous voulez qu'elle vous le dise? En vérité, vous êtes bien fat.

LE MARQUIS

Peut-être.

LA COMTESSE

Mais c'est une enfant.

LE MARQUIS

Peut-être aussi.

LA COMTESSE

Vous êtes bien cruel.

LE MARQUIS

Peut-être encore, mais je voudrais en finir. Cette maison est celle de l'indécision ; voilà trois mois que cela dure. Vous aimez Valbrun, il vous adore ; Marguerite veut bien de moi, je ne demande qu'elle au monde ; il faut en finir aujourd'hui, oui, madame, oui, aujourd'hui même… Et, quand il y aurait dans tout ceci un peu de fatuité, un peu de gaieté, un peu de rouerie, si vous le voulez, eh, mon Dieu, passez-moi cela… Songez donc que je vais me marier, c'est la dernière fois de ma vie qu'il m'est permis de rire encore, c'est ma dernière folie de jeune homme… Allons, madame, je suis à vos ordres.

LA COMTESSE

Avant tout, vous êtes bien hardi! Eh bien! il faut
que vous m'écriviez un billet.

LE MARQUIS

Un billet! c'est compromettant. Mais, si vous voulez le rendre jaloux, il vaut mieux que ce soit vous
qui m'écriviez.

LA COMTESSE

Et que voulez-vous que je vous dise?

LE MARQUIS

Mais... que vous me trouvez charmant... déli-
cieux... plein de modestie... et que mes qualités
solides...

LA COMTESSE

Ne plaisantez pas, écrivez.

LE MARQUIS

Je le veux bien; mais je ne changerai rien à ce que
je vais écrire, je vous en avertis.

Il écrit.

LA COMTESSE *(le regardant écrire)*

Ah! qu'est-ce que vous écrivez là?

Le Marquis

Laissez-moi achever. *(Il se lève.)* Tenez, voilà tout ce que je peux faire pour vous.

La Comtesse

Voyons. *(Elle lit.)* « Si je veux vous en croire, madame, vous m'aimez ; mais est-ce assez de le dire ? Vous êtes sûre de mon cœur ; que rien ne retarde plus mon bonheur, madame, je vous en supplie. » En vérité, Berny, vous plaisantez toujours. Quel usage voulez-vous que je fasse de ce billet-là ? Il est indécent.

Le Marquis

Comment, indécent ?

La Comtesse

Mais assurément : que rien ne retarde mon bonheur.

Le Marquis

Eh bien ?

La Comtesse

Comment, eh bien ?

Le Marquis

Eh, oui ! savez-vous, mesdames, que votre trop grande délicatesse vous fait souvent voir des témérités où il n'y en a pas du tout ?

LA COMTESSE

Prouvez-moi cela par un exemple.

LE MARQUIS

Rien n'est plus aisé. *Que rien ne retarde mon bonheur,* cela veut dire : consentez-vous à m'épouser ?

LA COMTESSE

Allons ! Allons !

LE MARQUIS

Qu'est-ce que vous croyiez que cela voulait dire ?

LA COMTESSE *(regardant à la fenêtre)*

J'entends une voiture. C'est votre ami qui revient.

LE MARQUIS

Mettons ce billet sur cette table, ici, avec d'autres chiffons. Ce sera un papier oublié.

LA COMTESSE

Mais on n'oublie guère ceux-là.

LE MARQUIS

J'admire en tout votre prudence ; mais qu'il trouve ce papier, cela suffit. Est-ce que la jalousie raisonne ? Le voici qui vient. Dites-lui deux mots, si vous voulez, puis retirez-vous, s'il vous plaît. Il faut que vous soyez fâchée. Fuyez, madame, disparaissez, évanouissez-vous comme une ombre !… comme une fée !… Je vous le répète, il n'y a rien de tel pour faire damner un honnête homme.

LA COMTESSE

Je ne sais, vraiment, si j'aurai le courage…

LE MARQUIS

Alors je vais déchirer ce billet.

LA COMTESSE

Non pas. Mais votre projet…

LE MARQUIS

Il est convenu. Voulez-vous le suivre, oui ou non ?

LA COMTESSE

Je le veux, je le veux, j'ai trop souffert ! Mais j'aime mieux ne lui point parler.

LE MARQUIS

Eh bien ! rentrez chez vous, enfermez-vous, qu'on ne vous voie plus de la journée.

LA COMTESSE

Mais…

LE MARQUIS

Qu'on ne vous voie plus, vous dis-je, ou je renonce à tout, je dis tout.

LA COMTESSE *(au moment où le baron entre, la comtesse sort en le saluant froidement et dit tout bas au marquis :)*

Oui, qu'il souffre à son tour ! S'il m'aimait...

LE MARQUIS

Nous allons voir...

SCÈNE IX

Le Marquis, le Baron

LE BARON *(reste quelque temps étonné)*

Est-ce que la comtesse est fâchée contre moi ?

LE MARQUIS

Je n'en sais rien.

LE BARON

Elle sort, et me salue à peine.

LE MARQUIS

Elle avait quelque ordre à donner.

Le Baron

Non, son regard ressemblait à un adieu... et à un triste adieu... moi qui venais...

Le Marquis

Dame! Écoute donc; elle n'est peut-être pas contente. Tu ne l'as pas trop bien traitée ce matin.

Le Baron

Moi? Je n'ai rien dit, que je sache...

Le Marquis

Oh! tu as été très poli. Quant à cela, il n'y a pas à se plaindre. Mais si tu crois que c'est avec ces manières-là...

Le Baron

Comment?

Le Marquis

Ce n'est pas ce qu'on te demande.

Le Baron

Quel tort puis-je avoir? Elle m'a annoncé que rien ne s'opposait plus à notre mariage... et je lui ai répondu... que j'en étais ravi.

LE MARQUIS

Oui, tu lui as dit que tu étais ravi, mais tu ne l'étais pas le moins du monde. Crois-tu qu'on s'y trompe?

LE BARON

Je n'en sais rien. Mais, en vous quittant tout à l'heure, je suis allé chez mon notaire, et j'ai pris tous mes arrangements pour ce mariage.

LE MARQUIS

En vérité?

LE BARON

J'en viens de ce pas, et je n'ai point fait autre chose. Qu'y a-t-il donc là de surprenant? Tu me regardes d'un air étonné.

LE MARQUIS

Non pas, mais je craignais… je croyais…

LE BARON

Est-ce que ce n'était pas convenu? Je n'attendais que la fin de ce procès. Est-ce que la comtesse, par hasard, serait capable de changer de sentiment?

LE MARQUIS

Elle! oh! je te réponds que non. Mais est-ce que…

véritablement... c'est incroyable... *(À part.)* Nous serions-nous trompés?

LE BARON

Qu'est-ce que tu vois d'incroyable?

LE MARQUIS

Rien du tout, non, rien, c'est tout simple. *(À part.)* Je n'en reviens pas... après cette visite!...

LE BARON

Tu as l'air surpris, quoi que tu en dises.

LE MARQUIS

Non.

LE BARON

Si fait, et je comprends pourquoi. C'est ma froideur, mon embarras, qui t'ont semblé singuliers ce matin.

LE MARQUIS

Pas le moins du monde; et qu'importe dès l'instant que tu es décidé? Et tu l'es tout à fait?

LE BARON

Je ne conçois pas que tu en doutes.

LE MARQUIS

Je n'en doute pas, et je t'en félicite. *(Il lui prend la main.)* Ainsi, Henri nous sommes cousins… par les femmes… cette parenté-là en vaut bien une autre… n'est-ce pas? *(À part.)* Les choses étant ainsi… c'est bien étrange… mais enfin… alors… Ce billet n'est plus bon à rien… je vais le reprendre délicatement… *(Il regarde sur la table.)* Où l'ai-je fourré?

LE BARON

Que cherches-tu là?

LE MARQUIS

Un papier. Veux-tu que je te dise? Je croyais vraiment que tu hésitais…

LE BARON

Moi?

LE MARQUIS

Oui. *(À part.)* Où diable l'ai-je mis? Ah! le voilà.
Il va pour le prendre.

LE BARON *(s'asseyant d'un air triste)*

Ah! si j'ai hésité, tu sais bien pourquoi.

LE MARQUIS

Comment!

LE BARON

Eh! sans doute, tu connais ma vie, tu sais parfaitement la raison…

LE MARQUIS

Moi? pas du tout.

LE BARON

Ce fatal souvenir…

LE MARQUIS

Quel souvenir?

LE BARON

Tu le demandes?

LE MARQUIS

Bon! voilà Mme Darcy. Vas-tu, pour la centième
fois, m'en raconter la lamentable histoire?

LE BARON

Je ne vais pas te la raconter. Tu te moques de tout.

LE MARQUIS

Non, mais je me moque, si tu le permets, de
Mme Darcy.

LE BARON

C'est bientôt dit… Si tu la connaissais !

LE MARQUIS

Oui, je ferais là une jolie emplette !

LE BARON

Comme tu voudras… je l'ai aimée… Que ce soit une faute, une sottise, un ridicule, si tu le veux… mais je l'ai aimée, et le mal qu'elle m'a fait m'effraye malgré moi pour l'avenir… Je crains d'y retrouver le passé.

LE MARQUIS

Eh ! laisse donc là le passé ! Qui n'a pas le sien ? Tu vas être heureux… Commence donc par tout oublier… Est-ce que tu es en cour d'assises pour qu'on te demande tes antécédents ? Viens, viens regarder cet album… Il y a un dessin de Marguerite.

LE BARON

Je le connais… Ah ! mon ami, si tu savais !…

LE MARQUIS

Mais tu sais très bien que je sais… *(Tenant à la main le billet qu'il a pris.)* Ne dirait-on pas qu'il n'y a qu'une femme au monde ? Mme Darcy t'a fait de la peine,

elle a mal agi; elle t'a planté là, et, qui pis est, elle
t'a menti. C'est une vilaine créature. Eh bien!
après? Vas-tu passer ta vie à déplorer les erreurs de
cette femme? Vas-tu en faire un épouvantail dont il
n'y ait que toi qui s'effarouche? Tu ne te guériras
donc jamais de cet empoisonnement-là.

LE BARON *(se levant)*

Certes, si mon chagrin pouvait s'adoucir… si un
peu d'espoir me revenait… si je croyais pouvoir
oublier… ce serait dans cette maison.

LE MARQUIS

Si tu pouvais, si tu croyais… ah çà! tu n'es donc pas
décidé?

LE BARON

Si fait; mais je tremble quand j'y pense.

LE MARQUIS *(à part)*

Je crois que je vais remettre mon billet à sa place.
(Haut.) Mais enfin, oui ou non, la comtesse te plaît-
elle?

LE BARON

Peux-tu en douter? ce n'est pas plaire qu'il faut
dire. Elle me charme, elle m'enchante. Je ne connais

personne au monde qui puisse soutenir la moindre comparaison…

LE MARQUIS
Vrai?

LE BARON
Tu ne l'as pas appréciée…

LE MARQUIS
Si fait.

LE BARON
Tu l'as vue en passant, à travers ton étourderie. Avec sa franchise, elle a de l'esprit : avec son esprit, elle a du cœur. C'est la grâce et la beauté mêmes… Quand je la regarde… je vois le bonheur dans ses yeux.

LE MARQUIS *(à part)*
Si cela continue ainsi… *(Haut.)* Que ne lui dis-tu tout cela plutôt qu'à moi? Est-ce que tu veux m'épouser?

LE BARON
Tes railleries n'y feront rien.

LE MARQUIS
Tu l'aimes?

LE BARON

Je l'adore.

LE MARQUIS

En ce cas-là… *(Il met le billet dans sa poche.)* Elle est ici, à deux pas, dans sa chambre… Parbleu ! si j'étais à ta place…

LE BARON *(se rassoit)*

Je voudrais bien être à la tienne. Ah ! tu es heureux, tu épouses Marguerite… tandis que moi.

LE MARQUIS *(à part)*

Voilà le vent qui tourne. *(Haut.)* J'épouse Marguerite… je n'en sais rien.

LE BARON

Non ?

LE MARQUIS

Non.

LE BARON

Est-ce possible ? Une jeune fille si jolie, si aimable, un peu trop gaie parfois, mais pleine de mérite et de talents… fort riche… N'avais-tu pas engagé ta parole ?

LE MARQUIS

Et toi, qu'as-tu fait de la tienne?

LE BARON

Je n'ose pas, je ne peux pas, je n'oserai jamais… à
moins que… pourtant…

LE MARQUIS *(à part)*

Que le diable l'emporte!

LE BARON

Si tu savais quel souvenir et quel pressentiment me
poursuivent! On peut bien être ridicule quand on
aime, mais on ne l'est pas quand on souffre.

LE MARQUIS

Et de quoi souffres-tu, je te prie? Pousse cette
porte. Elle t'attend.

LE BARON

Oui, le bonheur est peut-être là, derrière cette
porte… Je ne puis l'ouvrir… je reculerais sur le
seuil… l'espérance ne veut plus de moi.

LE MARQUIS

Pousse donc cette porte, te dis-je! Tiens, Henri,
sais-tu, en ce moment, de quoi tu as l'air? Tu res-

sembles, révérence parler, à un âne qui n'ose pas
franchir un ruisseau.

LE BARON

Comme tu voudras. Toi qui te railles de ma souffrance, n'as-tu jamais été trahi? Je veux croire, si
cela te plaît, que tu n'as point rencontré de
cruelles : n'en as-tu pas trouvé de perfides, de mal-
faisantes?

LE MARQUIS

Quelquefois, comme un autre.

LE BARON

Ah! malheur à celles qui vous donnent cette triste
expérience! Une femme inconstante devient notre
bourreau. Insensible à tout ce qu'on souffre, c'est
l'âme la plus dure, la plus implacable! En vous
offrant son amitié, quand elle vous ôte son amour,
elle croit s'acquitter de tout! et quelle amitié! Ce
n'en est pas seulement l'apparence : nulle franchise,
nulle confiance; ce n'est qu'un mensonge perpé-
tuel, un supplice de tous les instants, trop heureux
si l'on en mourait!

LE MARQUIS *(à part)*

Décidément, il faut avoir recours aux moyens
héroïques et comme il ne trouverait peut-être pas

cette lettre sur cette table… *(Il met la lettre dans le chapeau du baron.)* Adieu, Henri. Après tout, tu as peut-être raison. La comtesse, avec ses beaux yeux, n'en a pas moins la tête un peu légère…

LE BARON

Le penses-tu?

LE MARQUIS

Qui sait? Elle est femme.

LE BARON

Mais encore… la crois-tu capable…

LE MARQUIS

Peut-être bien. Tout considéré, je te conseille d'aimer ailleurs. Tu ferais mieux, je crois, d'épouser Célimène…

LE BARON

Mais…

LE MARQUIS

C'est le plus sage. Adieu, mon ami. *(À part, en sortant.)* Je ne le perdrai pas de vue.

SCÈNE X

Le Baron, seul

LE BARON

Il a bien vite changé d'idée! Qu'est-ce que cela
signifie? Il avait un air de mystère, et en même
temps de raillerie... Bon! c'est son humeur du
moment... Il faut pourtant que je voie la comtesse... que je sache par quel motif elle m'a reçu si
singulièrement. Ou, pour mieux dire, elle a refusé
de me recevoir. Je donnerais tout au monde... *(Il
prend son chapeau et trouve le billet du marquis.)* Qu'est-ce
là? D'où vient ce papier? Une lettre! Point
d'adresse et point de cachet. Est-ce moi qui, par
distraction... *(Il lit.)* «Si je veux vous en croire...»
Grand Dieu! est-ce possible? quoi! Édouard, mon
ami d'enfance! une pareille trahison! Ah! je suis
accablé, je suis anéanti! Qui l'aurait jamais pu prévoir? Édouard, la comtesse, me tromper ainsi! Voilà
pourquoi il me raillait, pourquoi elle s'est enfuie.
Oui, j'étais leur jouet, sans doute, leur passe-
temps... Oh! je me vengerai... je vais le retrouver... je lui demanderai raison... Non, non, je ferai
mieux d'abord d'entrer ici, je veux lui dire en
face... Ah!...

SCÈNE XI
Le Baron, Marguerite

LE BARON

C'est vous, mademoiselle Marguerite ! Venez, c'est
le ciel qui vous envoie.

MARGUERITE

Comment, le ciel ? c'est ma cousine. Est-ce que
M. de Berny est parti ?

LE BARON

Oui, il vient de partir… Ah ! qu'il est heureux !
Vous ne songez qu'à lui… Vous l'aimez… Eh bien !
sachez donc…

MARGUERITE

Oh ! je l'aime… je l'aime… halte-là ! Vous décidez
bien vite des choses. Mais qu'avez-vous, bon Dieu ?
Vous me feriez peur.

LE BARON

Sachez qu'on nous trahit tous deux.

MARGUERITE

Qui, tous deux ?

LE BARON

Vous et moi.

MARGUERITE

Et qui est le traître?

LE BARON

C'est mon perfide ami, votre indigne amant!...

MARGUERITE

Oh!... oh!... voilà des expressions!... C'est encore M. de Berny que vous baptisez de cette façon-là?

LE BARON

Oui, lui-même.

MARGUERITE

Vous voulez rire.

LE BARON

Non pas, je n'en ai nulle envie.

MARGUERITE

Et quelle est cette raison?

LE BARON

Tenez, mademoiselle, lisez ce billet.

MARGUERITE *(lit)*

«Si je veux vous en croire, madame…»

LE BARON

Voyez, je vous prie, voyez, mademoiselle, s'il était possible de s'attendre…

MARGUERITE *(lisant)*

«Que rien ne retarde plus mon bonheur…»

LE BARON

Qu'en pensez-vous? À quelle femme ose-t-on écrire d'un pareil style? Y a-t-il rien au monde de plus impertinent, de plus fat, de plus insolent?

MARGUERITE

À dire vrai…

LE BARON

N'est-il pas visible que, pour écrire ainsi à une femme, il faut s'en supposer le droit? et encore peut-on l'avoir jamais? Et la comtesse tolère un pareil langage! Mademoiselle, il faut nous venger!

MARGUERITE *(lisant toujours)*

«Mais est-ce assez de me le dire!…»

LE BARON

Vous lisez attentivement.

MARGUERITE

Oui, je m'écoute lire… Et vous voulez que nous nous vengions ? Comment cela ?

LE BARON

En les abandonnant, en rompant sans mesure avec eux. Ils nous trompent et se jouent de nous. — Si vous ressentez comme moi un tel outrage, oublions deux ingrats… Acceptez ma main.

MARGUERITE *(avec distraction)*

Votre main ?

LE BARON

Oui, j'ose vous l'offrir, et, si vous daignez l'accepter, je veux consacrer ma vie entière à effacer le souvenir odieux d'une trahison qui doit vous révolter.

MARGUERITE *(lisant toujours)*

Vous me consacrez votre vie entière ?…

LE BARON

Oui, je vous le jure, et quand je donne, moi, ma parole…

MARGUERITE

Où avez-vous trouvé cette lettre ?

LE BARON

Dans mon chapeau ; ici, à l'instant même.

MARGUERITE

Dans votre chapeau ?

LE BARON

Oui, là, sur cette chaise.

MARGUERITE

Monsieur de Valbrun, on s'est moqué de vous.

LE BARON

Que voulez-vous dire ? cette lettre…

MARGUERITE

Cette lettre ne peut être qu'une plaisanterie.

LE BARON

Une plaisanterie ! Elle serait étrange. Et qui vous le
fait supposer ? Est-ce un complot, un piège qu'on
me tend ? Parlez, en êtes-vous instruite ?

MARGUERITE

Pas le moins du monde ; mais c'est clair comme le jour.

LE BARON

Comment? Expliquez-vous, de grâce. Si c'est un piège, et si vous le savez...

MARGUERITE

Non, je ne sais rien, mais j'en suis sûre. *(Relisant la lettre.)* «Si je veux vous en croire, madame...» Ah! ah! ah! *(Elle rit.)* Et vous prenez cela, ah! ah! pour argent comptant!... ah! ah! mon Dieu, quelle folie!... et vous croyez que ma cousine... que M. de Berny..., ah! ciel!... et vous ne voyez pas que c'est impossible... ah! ah!

LE BARON

En vérité, je ne vois pas...

MARGUERITE *(riant toujours)*

Ah! ah! ah! ce pauvre baron... qui ne voit pas... qui ne s'aperçoit pas. Ah! ah! à cause de cela... Votre sérieux me fera mourir de rire, et vous voulez m'épouser, ah! ah!... je vous demande pardon, mais c'est malgré moi... Ah! ah! mais c'est impossible!... Cela n'a pas le sens commun!... ah! ah!...

LE BARON

Ma foi, mademoiselle, en vous montrant cette lettre, je ne croyais pas tant vous égayer. Mais qu'il y ait un piège ou non là-dessous...

MARGUERITE

Puisque je vous dis que je n'en sais rien.

LE BARON

Et je sais, moi, ce que j'ai à faire. Adieu, mademoiselle Marguerite.

MARGUERITE

Où allez-vous ? Venez avec moi, chez ma cousine ;
tout s'éclaircira.

LE BARON

Votre cousine, je ne la reverrai de mes jours... ni
vous non plus... ni aucune personne... excepté
une... Riez, si vous voulez !... Je souhaite que vous
n'appreniez jamais ce qu'une trahison peut nous
faire souffrir !... Ah !... je suis navré ! désespéré !...
Malheur à lui ! Malheur à moi !... Adieu, adieu,
mademoiselle !

MARGUERITE

Écoutez donc.

LE BARON

Adieu, adieu !

SCÈNE XII

Marguerite, seule ; puis le Marquis

MARGUERITE

Il s'en va tout de bon, comme un furieux. Pauvre baron ! Il est peut-être à plaindre... Mais il est trop comique avec son désespoir... et ses offres... Ah ! c'est incroyable !...

LE MARQUIS *(à part)*

Voilà donc cette petite rebelle, qui s'avise aussi d'hésiter, dit-on. Elle est bien gaie, à ce qu'il semble... Parbleu ! il faudra qu'elle parle aussi. *(Haut.)* Qu'est-ce donc ? qu'est-ce qui se passe ? Vous êtes bien joyeuse, mademoiselle... Marguerite, que vous riez ainsi toute seule.

MARGUERITE

« Que vous riez ainsi... » Voilà encore de vos tournures de phrase à aile de pigeon. Quand apprendrez-vous l'orthographe ? Quand donc vous démarquiserez-vous ?

LE MARQUIS

Je ne peux pas, c'est la faute de mon père ; mais vous, petite marquise future, en bon gaulois Margot, de quoi vous gaussez-vous ?

MARGUERITE

Je ne peux pas me fâcher, j'ai encore trop envie de
rire. C'est M. de Valbrun qui sort d'ici...

LE MARQUIS

Eh bien?

MARGUERITE

Il m'a montré une lettre...

LE MARQUIS

Une lettre?

MARGUERITE

Signée de votre nom... fort malhonnête, cela va
sans dire... une lettre écrite à ma cousine...

LE MARQUIS

Eh bien?... *(À part.)* Voyons un peu cela. *(Haut.)* Je ne
sais ce que vous voulez dire.

MARGUERITE

Jouez donc l'ignorance à votre tour!... Vous ne
m'aviez pas prévenue, c'est mal; mais ce n'en est
que plus drôle; votre plaisanterie a réussi... on ne
peut pas mieux... elle est cruelle... mais je comprends... Figurez-vous qu'il est... exaspéré!

LE MARQUIS

Véritablement?

MARGUERITE

Oui, il vous cherche, et, au moment où vous êtes entré, il venait de sortir pour courir après vous! Oh! il faudra que vous lui rendiez raison!

LE MARQUIS

Est-ce tout?

MARGUERITE

Bon! c'est bien autre chose encore. Vous êtes à ses yeux (et il a bien raison) le plus déloyal des marquis, et ma belle cousine, la plus perfide des comtesses! Il renonce à tout, il nous abandonne... il veut vous tuer, et m'épouser.

LE MARQUIS

Vous épouser... lui-même...

MARGUERITE

Oui, monsieur...

LE MARQUIS

Il faut qu'il soit bien en colère!.. Et qu'avez-vous répondu à cela?

MARGUERITE

Je n'ai fait que rire… je n'y tenais pas.

LE MARQUIS

Je ne vois rien là de si gai.

MARGUERITE

Qu'est-ce que vous dites?

LE MARQUIS

Il est fâcheux qu'il vous ait montré cette lettre. Mais, puisque tout est découvert… si le mal est fait…

MARGUERITE

Quoi donc?

LE MARQUIS

Il me tuera, s'il peut, et il vous épousera s'il veut.

MARGUERITE

Ah! c'est là votre sentiment?

LE MARQUIS

Que voulez-vous? si j'aime votre cousine, ce n'est pas ma faute; c'était un secret. Vous ne m'aimez pas…

MARGUERITE

Et vous?

LE MARQUIS

Moi, cela me regarde. Tout cela est fâcheux, très fâcheux.

MARGUERITE

Ah! çà, parlez-vous sérieusement ou continuez-vous votre méchante plaisanterie?

LE MARQUIS

Je la continue… sérieusement.

MARGUERITE

Vous aimez ma cousine?

LE MARQUIS

Oui, de tout mon cœur.

MARGUERITE

Vous voulez l'épouser?

LE MARQUIS

Pourquoi pas?

MARGUERITE

Eh bien, monsieur, je suis fâchée de vous le dire, mais…

LE MARQUIS
Qu'est-ce donc?

MARGUERITE
Je n'en crois rien.

LE MARQUIS
Vous n'en croyez rien?

MARGUERITE
Non; vous n'êtes pas aussi féroce que vous le dites.

LE MARQUIS
J'admire combien les petites filles...

MARGUERITE
Monsieur!

LE MARQUIS
Combien les jeunes personnes, veux-je dire, se croient aisément sûres de nous. Elles le sont, vraiment, plus que d'elles-mêmes.

MARGUERITE
Plus que d'elles-mêmes?

LE MARQUIS
Eh! sans doute. On les prendrait, à les entendre,

pour des prodiges de pénétration, et pour trois mots de politesse, les voilà qui perdent la tête.

MARGUERITE

Si vous ne voulez que m'impatienter, vous commencez à réussir.

LE MARQUIS

J'en serais désolé, mademoiselle, et de peur que cela n'arrive, je me retire.

Il feint de s'en aller.

MARGUERITE *(à part)*

Est-ce qu'il parlerait tout de bon ? *(Haut.)* Monsieur de Berny.

LE MARQUIS

Mademoiselle ?

MARGUERITE

Vous épousez… sérieusement… ma cousine ?

LE MARQUIS

Oui, mademoiselle.

MARGUERITE

Croyez-vous que je m'en soucie ?

LE MARQUIS
Je ne dis pas cela.

MARGUERITE
Je m'en moque fort.

LE MARQUIS
Je n'en doute pas.

MARGUERITE
Non ; vous supposiez que cette nouvelle allait me désoler.

LE MARQUIS
Point du tout.

MARGUERITE
Que je vous ferais des reproches.

LE MARQUIS
En aucune façon.

MARGUERITE
Que je vous regretterais… que je m'affligerais…
(Près de pleurer.) Que je pleurerais peut-être…

LE MARQUIS *(à part)*
Ô ciel !… *(Haut.)* Ma chère Marguerite…

MARGUERITE

Il n'y a plus de Marguerite ni de Margot… Oui, vous le croyiez… vous l'espériez. *(Le marquis veut lui prendre la main : elle la retire brusquement.)* Non, je ne vous dirai rien, je ne vous reprocherai rien, mais c'est une infamie !

LE MARQUIS

Mademoiselle…

MARGUERITE

C'est une lâcheté ! Ou vous mentez en ce moment, ou vous m'avez toujours trompée. Vous dites que je ne vous aime pas. Qu'en savez-vous ? Je vous trouve plaisant d'oser décider là-dessus !

LE MARQUIS

Écoutez-moi.

MARGUERITE

Je ne veux rien entendre. Mais, s'il vous reste encore dans l'âme une apparence d'honnêteté, vous aurez plus de regrets que moi ; car vous saurez que vous m'avez mal jugée, que vous vous trompiez gauchement en me croyant indifférente, que je suis loin de l'être, et que je…

SCÈNE XIII

Les mêmes, la Comtesse, tenant une lettre

LA COMTESSE

Vous voilà ici, monsieur de Berny? Et je vois Marguerite tout émue.

MARGUERITE

Moi, ma cousine? Pas le moins du monde.

LA COMTESSE

Est-ce encore quelque nouvelle ruse, quelque épreuve de votre façon? Elles vous réussissent à merveille!... Tenez, je reçois cette lettre à l'instant.

LE MARQUIS *(lisant)*

« Il n'était pas nécessaire, madame, de prendre la peine de feindre avec moi. Vous ne me reverrez de ma vie, et vous n'aurez jamais à vous plaindre... »

LA COMTESSE

Qu'en pensez-vous?

MARGUERITE

Que se passe-t-il donc?

LA COMTESSE

Tu le sauras. Eh bien, monsieur ?

LE MARQUIS

Eh bien, madame, je trouve cela parfait. «Vous n'aurez jamais à vous plaindre…» C'est tout à fait honnête et modéré.

LA COMTESSE

Vraiment ! votre sang-froid me charme. Avez-vous encore là-dessus quelque théorie à votre usage ? Vous le voyez, M. de Valbrun n'a cru que trop facilement à votre lettre supposée, et, grâce à vos belles roueries, comme vous les appelez, je perds non seulement l'amour, mais l'estime du seul homme que j'aime.

MARGUERITE *(au marquis)*

Comment ! monsieur, vous me trompiez tout à l'heure ? Rien n'était vrai dans tout ceci ? Vous vous êtes joué de moi comme d'un enfant ?… Allez, c'est une indignité !

LE MARQUIS

Oui, oui, c'est une indignité ; mais, moyennant cela, vous m'avez avoué…

MARGUERITE

Je ne l'ai pas dit.

LE MARQUIS

Non, mais je l'ai entendu. *(À la comtesse.)* Madame,
Mlle Marguerite et moi, nous nous sommes enfin
expliqués ensemble, et nous sommes parfaitement
d'accord.

MARGUERITE

Moins que jamais. J'étais tout à l'heure comme le
baron; maintenant je suis comme ma cousine.
Jamais je ne vous pardonnerai.

LE MARQUIS

Vous me pardonnerez plus que vous ne pensez.

LA COMTESSE

Il n'est plus temps de plaisanter. Monsieur de
Berny, j'attends de vous une démarche nécessaire.
Vous avez causé tout le mal, c'est à vous de le répa-
rer.

LE MARQUIS

Sûrement, madame, sûrement. Que faut-il faire, s'il
vous plaît?

LA COMTESSE

Vous le demandez? M. de Valbrun a de droit de
m'accuser de perfidie; il faut le désabuser avant
tout.

LE MARQUIS

Oui, madame.

MARGUERITE

Mais tout de suite.

LE MARQUIS

Oui, mademoiselle.

LA COMTESSE

Il faut dire toute la vérité, dût-elle me compromettre moi-même.

MARGUERITE

Oui, dût-elle nous compromettre.

LE MARQUIS

Fort bien, je vous compromettrai.

LA COMTESSE

Voyez, monsieur, voyez à quels dangers m'expose votre légèreté ! Même en ne me trouvant pas coupable, que va penser de moi M. de Valbrun ? Quelle faute vous m'avez fait commettre ! J'en dois sans doute accuser ma faiblesse ; elle a été bien grande, elle est inexcusable ; mais, sans vos malheureux conseils, Dieu m'est témoin que l'idée du mensonge n'aurait jamais approché de moi.

LE MARQUIS

J'en suis tout à fait convaincu.

MARGUERITE

Voyez, monsieur, à quoi sert de mentir.

LE MARQUIS

Je suis confondu ; ne m'accablez pas.

LA COMTESSE

Eh bien ! monsieur, qu'attendez-vous ?

LE MARQUIS

Pour quoi faire, madame ?

LA COMTESSE

Quoi ! n'est-ce pas dit ? Allez chez M. de Valbrun.

LE MARQUIS

C'est inutile, je ne le trouverais pas.

LA COMTESSE

Pour quelle raison ?

LE MARQUIS

Parce qu'il va venir.

LA COMTESSE

Perdez-vous l'esprit? et cette lettre?

LE MARQUIS

C'est justement d'après cette lettre que je l'attends.

LA COMTESSE

Il me jure qu'il ne me reverra jamais.

LE MARQUIS

C'est ce que je dis. Il ne peut pas tarder.

LA COMTESSE

Je vous ai déjà déclaré que vos plaisanteries sont hors de saison.

LE MARQUIS

Je ne plaisante pas du tout… Ah! vous vous imaginez, belle dame, qu'on perd une femme comme vous, qu'on s'en éloigne, qu'on oublie, qu'on se distrait!… Non pas, non pas, il en coûte plus cher; cela ne se passe pas ainsi. Vous ne nous connaissez pas, nous autres amoureux! Pendant que nous sommes là à causer, savez-vous ce que fait ce pauvre Valbrun? Il est d'abord rentré chez lui furieux, il a juré de se venger de moi, de vous, de toute la terre: ensuite, il a pleuré… oh! Il a pleuré… Puis il a marché à grands pas dans sa chambre; il a pensé à faire un voyage, puis, pour ne pas se déranger, à se brûler la cervelle. Là-dessus, pas simple convenance, il a bien vu qu'il ne pouvait pas mourir sans vous revoir une dernière fois. Il a bien songé aussi à vous écrire : mais que peut-on dire en un volume, qui vaille un regard de l'objet aimé ? Donc il a pris et quitté vingt fois son chapeau : enfin, s'armant du courage, il l'a mis sur sa tête, il est résolument descendu de chez lui ; une fois dans la rue, le trouble, le dépit, une juste fierté, l'ont peut-être retardé en route ; cependant il vient, il approche, déjà il n'est plus temps de revenir sur ses pas ; il est trop près de vous, il est sous le charme ; il ne dépend plus de lui de ne pas vous voir ; son cœur l'entraîne, et... tenez, tenez, le voilà qui entre dans la cour.

LA COMTESSE
Serait-il vrai ?

LE MARQUIS
Voyez vous-même.

LA COMTESSE (troublée)
Monsieur de Berny... il va venir.

LE MARQUIS
Eh ! oui, c'est ce que je vous disais. Vous connaissez sa prudence ordinaire dans votre escalier. Mais

comme cette fois il est au désespoir, il pourrait bien monter plus vite.

LA COMTESSE
Monsieur de Berny…

LE MARQUIS
Je vous entends. Vous ne voudriez pas vous montrer tout d'abord, n'est-ce pas? Je me charge de le recevoir.

LA COMTESSE
Prenez bien garde au moins…

LE MARQUIS
Soyez sans crainte; retirez-vous un peu ici près, et rappelez-vous ce que je vous ai dit tantôt. Ou vous me tiendrez pour le dernier des hommes, ou nous serons tous mariés… quand il vous plaira. Si toutefois…
Il salue Marguerite.

MARGUERITE
Je n'ai rien dit.

LA COMTESSE
Viens, Marguerite.

LE MARQUIS

N'allez pas trop loin, je n'ai que deux mots à lui
dire.

LA COMTESSE

Deux mots ?

LE MARQUIS

Pas davantage ; ne vous éloignez pas.

SCÈNE XIV

Le Marquis, seul ; puis le Baron

LE MARQUIS *(seul)*

Maintenant, Valbrun, à nous deux ! Il y a assez longtemps que tu m'impatientes et que tu retardes tous
nos projets. Cette fois, morbleu ! je te tiens, et mort
ou vif, tu te marieras.

LE BARON

C'est vous, monsieur ?

LE MARQUIS

Comme vous voyez. Ce n'est peut-être pas moi
que vous cherchiez ?

LE BARON

Pardonnez-moi, monsieur, c'est vous-même, et vous savez sans doute ce que j'ai à vous dire.

LE MARQUIS

Pas encore, mais il ne tient qu'à vous…

LE BARON (*lui montrant sa lettre*)

Cette lettre est de votre main?

LE MARQUIS

Oui, monsieur.

LE BARON

Et vous comprenez ce qu'elle a d'outrageant pour moi.

LE MARQUIS

Je ne pense pas qu'il y soit question de vous.

LE BARON

Et vous savez aussi, je suppose, de quel nom mérite d'être appelé celui qui a osé l'écrire.

LE MARQUIS

De quel nom?… Le nom est au bas.

LE BARON

Oui, monsieur; c'était celui d'un homme que j'ai aimé depuis mon enfance, en qui j'avais confiance entière, qui a été, en toute occasion, le confident de mes plus secrètes, de mes plus intimes pensées, et que je ne veux plus appeler maintenant que du nom de traître et de faux ami.

LE MARQUIS

Passons, s'il vous plaît, sur les qualités.

LE BARON

Non seulement il m'a trahi; mais, pour le faire, il s'est servi de mon amitié même et de ma confiance.

LE MARQUIS

Passons, de grâce.

LE BARON

Prétendez-vous me railler?

LE MARQUIS

Non, monsieur, je vous jure.

LE BARON

Que répondrez-vous donc qui puisse excuser votre conduite dans cette maison?

LE MARQUIS

Je ne vois pas qu'elle soit mauvaise.

LE BARON

Sans doute… Elle vous a réussi ! Et vous êtes apparemment au-dessus de ces petites considérations de bonne foi et de délicatesse que le reste des hommes…

LE MARQUIS

Mille pardons. Je vous ai déjà prié de passer là-dessus. Un moment de répit peut avoir ses droits, mais il ne faut pas en abuser.

LE BARON

Je n'en saurais tant dire, monsieur, que vous n'en méritiez davantage.

LE MARQUIS

Soit, mais j'en ai entendu assez, et si vous n'avez rien à ajouter…

LE BARON

Ce que j'ai à ajouter est bien simple. Je vous demande raison.

LE MARQUIS

Je refuse.

LE BARON

Vous refusez?… Je ne croyais pas que, pour faire
tirer l'épée à M. de Berny, il fallût le provoquer deux
fois.

LE MARQUIS

Cent fois, s'il ne veut pas la tirer.

LE BARON

Et quel est le prétexte de ce refus?

LE MARQUIS

Le prétexte? Et quel est, s'il vous plaît, celui de
votre provocation?

LE BARON

Quoi! vous m'enlevez la comtesse…

LE MARQUIS

Est-ce que vous êtes son parent? ou son amant? ou
son mari? ou seulement un de ses amis?

LE BARON

Je suis… oui, je suis un de ses amis, un de ceux qui
l'aiment le plus au monde, et j'ai le droit…

LE MARQUIS

Un instant, permettez. J'ai pu faire, il est vrai, ma

cour à la comtesse ; mais vous concevez que, s'il faut, à cause de cela, que je me batte avec tous ses amis…

LE BARON

Je suis plus qu'un ami pour elle… Je devais l'épouser…

LE MARQUIS

Que ne l'avez-vous fait ? Qui vous en empêchait ?

LE BARON

Qui m'en empêchait, quand tout mon amour, toute ma foi en la parole donnée n'était pour vous qu'un sujet de raillerie ! lorsque vous me regardiez à plaisir tomber dans le piège que vous m'aviez tendu ! lorsque vous abusiez, jour après jour, de ma patiente crédulité ! lorsque vous étiez là, tous deux, déjà d'accord, sans doute, tandis que moi seul, seul avec ma souffrance, seul, si on l'est jamais quand on aime !…

LE MARQUIS

Nous retombons dans l'avant-propos.

LE BARON

Édouard ! C'est toi qui m'as traité ainsi !

LE MARQUIS

Je croyais, monsieur, que tout à l'heure vous me donniez un autre nom.

LE BARON

Oui, monsieur, vous avez raison. Vous me rappelez mes paroles, et puisqu'il vous plaît de n'y point répondre…

LE MARQUIS

Je ne réponds point à des paroles sans but, sans consistance et sans raison.

LE BARON

Sans but! C'est vous qui refusez de vous battre.

LE MARQUIS

Je ne refuse pas absolument. Je demande à quel titre vous me provoquez.

LE BARON

Eh bien! puisqu'il en est ainsi…

LE MARQUIS

Oui, certes, je demande encore une fois si vous êtes le frère, ou l'amant, ou le mari de la comtesse, et, si vous n'êtes rien de tout cela, je tiens pour nulles vos forfanteries. Il n'entre pas dans mes habitudes de me couper la gorge avec le premier venu.

LE BARON

Le premier venu, juste ciel!

LE MARQUIS

Eh! sans doute; qu'êtes-vous de plus? Un ami de la maison, d'accord; une connaissance agréable sans doute, qu'on rencontre peut-être un peu trop souvent chez une jolie femme, vive, légère, un peu perfide, j'en conviens, d'une réputation à demi voilée…

LE BARON

Parlez-vous ainsi de la comtesse?

LE MARQUIS

Pourquoi donc pas? Sur ce point-là aussi, allez-vous encore me chercher chicane?

LE BARON

Oui, morbleu; c'est trop! J'ai pu supporter vos froides et cruelles railleries, mais vous insultez une femme que j'estime, et que vous devriez respecter, puisque vous dites que vous l'aimez; venez, monsieur, entrons chez elle. Je n'ai pas, dites-vous, le droit de la défendre; eh bien! ce droit que j'ai perdu, que vous m'avez ravi, que j'avais hier, je le lui redemanderai, fût-ce pour un instant, et elle me le rendra, je n'en doute pas. Toute perfide qu'elle est, je connais son cœur, et, malgré toutes vos trahisons, je l'ai tant aimée, qu'elle doit m'aimer encore. Je devais être son époux, je pouvais presque en porter le titre; qu'elle me le prête un quart d'heure, me rendrez-vous raison? Venez, monsieur, entrons ici.

Il va pour ouvrir la porte de la chambre de la comtesse.

LE MARQUIS *(l'arrêtant)*

Dis donc, Henri, te souviens-tu que ce matin je te comparais à un âne qui n'ose pas franchir un ruisseau?

LE BARON

Qu'est-ce à dire?

LE MARQUIS

Eh! le voilà, le ruisseau : c'est cette porte; allons, pousse-la donc! Ce n'est pas sans peine que nous y sommes parvenus.

Il pousse la porte. Entrent la comtesse et Marguerite.

SCÈNE DERNIÈRE

Le Marquis, le Baron, la Comtesse, Marguerite

LE MARQUIS

Venez, venez, perfide comtesse. Voici un galant chevalier qui réclame le titre d'époux, seulement, dit-il, pour un quart d'heure, afin d'avoir le droit de m'envoyer en terre.

LE BARON

Est-il possible que je me sois abusé à ce point?

MARGUERITE

Ah! Dieu! j'ai eu bien peur, toujours!

LE MARQUIS

Vous nous écoutiez donc?

MARGUERITE

Oh! oui.

LA COMTESSE

J'ai de grands torts envers vous, monsieur de Valbrun. Votre ami m'a donné un méchant conseil, et je vous demande pardon de l'avoir suivi.

LE MARQUIS

Pas si méchant, madame. Vous conviendrez du moins que je vous ai tenu parole. *(À Valbrun.)* Mon ami, pardonne-moi aussi, en faveur de toutes les injures que tu m'as dites.

LE BARON

Ah ! madame, je suis seul coupable d'avoir pu douter un instant de vous.

Il lui baise la main.

LE MARQUIS *(à Marguerite)*

Et nous, Margot, nous pardonnons-nous ?

MARGUERITE

Si j'y consens, c'est par bonté d'âme…

LE MARQUIS

Et moi, c'est pure compassion… Allons, tâchons de nous consoler de tout le chagrin que nous nous sommes fait.

Petit carnet)
de mise en scène

Nicolas Lormeau,
pensionnaire de la Comédie-Française

Du palais des Tuileries au Studio-Théâtre de la Comédie-Française

Dès 1830 (date à laquelle Victor Hugo triomphe avec *Ruy Blas*), à la suite de l'échec sanglant de *La Nuit Vénitienne* au théâtre de l'Odéon, Alfred de Musset renonce à monter ses pièces au théâtre. Il se contente de les publier dans diverses revues et d'organiser à cette occasion des lectures publiques.

En 1847, pourtant, les sociétaires de la Comédie-Française représentent avec succès *Un caprice*, pièce composée dix ans plus tôt.

Huit ans plus tard, en 1855, se souvenant de cette parenthèse réussie, le ministre de l'Instruction publique, Hippolyte Fortoul, convainc Musset d'écrire *L'Âne et le Ruisseau* pour le monter à la Comédie-Française, avec Mlle Arnould-Plessy dans le rôle de la comtesse.

Afin de finaliser le projet, une lecture de la pièce est organisée au palais des Tuileries en présence du ministre Fortoul, de l'administrateur général de la Comédie-Française, Arsène Houssaye, et de la «grande sociétaire» Arnould-Plessy, qui revient à Paris après une parenthèse de dix ans passée à Moscou.

Les choses se passent on ne peut plus mal. La lecture est interrompue à de nombreuses reprises à cause des mouvements incessants du personnel du palais des Tuileries. Melle Arnould-Plessy en conclut que ce n'est pas là le moyen idéal de revenir à Paris et refuse de jouer le rôle... L'administrateur, peu convaincu lui-même, renonce à ce projet.

Nous sommes en 1855. Musset a quarante-cinq ans. Malade, usé, aigri, il renonce alors définitivement au théâtre. Il mourra deux ans plus tard.

L'Âne et le Ruisseau est donc sa dernière pièce. Elle ne sera publiée qu'en 1860 dans les *Œuvres posthumes*. Comme un pied de nez au destin, elle est créée à Moscou, au théâtre Mali, en 1861.

En France, la pièce n'est pas jouée. Sans doute les dramaturges de l'époque la trouvent-ils faible en comparaison de *Lorenzaccio*, des *Caprices de Marianne* ou de *Fantasio*.

Et voilà donc notre *Âne* qui rejoint pour long-temps les oubliettes du théâtre.

Jacques Sereys l'en sort un instant pour monter le

spectacle salle Richelieu en 1961, puis en 1970, pour quelques représentations. La pièce est présentée en « lever de rideau », c'est-à-dire en première partie, avant le « grand » spectacle de la soirée. On nommait ces spectacles ainsi parce qu'ils se jouaient en général devant le rideau de scène encore baissé.

Depuis, presque rien.

L'Âne et le Ruisseau est aujourd'hui réédité. Si vous êtes en train de lire ces quelques lignes, c'est sans doute parce que vous envisagez de la représenter à votre tour...

Ce petit carnet de mise en scène est conçu pour vous aider. Je vais donc tenter de vous faire découvrir ce que Bernard Dort, dramaturge et professeur, nommait l'« état d'esprit dramaturgique ». J'essaierai cependant de ne pas vous proposer trop de solutions pratiques toutes faites.

Outre ces quelques petits conseils théoriques et pratiques, je vous propose de vous ouvrir mon propre carnet de mise en scène de *L'Âne et le Ruisseau*. À travers ce récit vivant, j'espère vous donner l'envie d'explorer d'autres voies et je vous souhaite de vivre autant d'émotions.

Ces petits « retours sur montage » (en italiques) ponctueront votre lecture. Pour votre plaisir, j'espère...

Retour sur montage 1

J'ai l'immense honneur d'appartenir à la troupe de la Comédie-Française depuis 1996, l'intensité du travail m'interdisant par ailleurs de m'adonner à une autre passion : mettre en scène.

Je m'étais ouvert de ce manque à Pierre Vial, comédien magnifique, compagnon de route d'Antoine Vitez, qui fut notre professeur au conservatoire, et celui-ci me conseilla de «relire Musset». Toujours sensible aux conseils de Pierre, je m'attelai donc à la (re)découverte de l'œuvre de «l'enfant du siècle», en m'attardant plus précisément sur les pièces peu ou pas jouées, sur les pièces inconnues.

Je fus conquis par trois pièces : Les Marrons du feu, L'Habit Vert (écrite en collaboration avec Émile Augier) et L'Âne et le Ruisseau. Je choisis cette dernière parce que c'est celle qui me parut la plus riche, la plus inattendue. Étonnante par son style (très proche de celui de Marivaux), trouble dans ses thèmes, et forte par l'émotion qu'elle m'avait procurée.

Je proposai à Jean-Pierre Miquel, administrateur de la Comédie-Française, de l'inscrire au programme du Studio-Théâtre pour la saison 2000. Il décida de me faire confiance. (Le Studio-Théâtre est la troisième salle de la Comédie-Française. C'est un petit théâtre de 140 places, situé dans la galerie marchande du Carrousel du Louvre. Il fut créé à l'initiative des sociétaires pour y représenter des pièces courtes qui auraient sans cela peu de chance de voir le jour ailleurs).

Je demandai à Florence Viala, Françoise Gillard, Denis Podalydès et Laurent Natrella, tous membres de la troupe de la Comédie-Française, d'incarner les personnages. Ils me firent confiance eux aussi...

Le spectacle que nous avons créé ensemble au mois de mai 2001 a rencontré le public, avec succès.

Découverte de la pièce

Première lecture

La découverte intime d'une pièce est l'une des phases capitales du travail théâtral.

De cette première lecture naîtra (ou non) un sentiment, une impression. C'est à partir de cette impression que vous construirez votre spectacle, votre présentation publique.

Pour cette première lecture, installez-vous au calme, loin de toute perturbation extérieure, dans un environnement familier, et surtout, ménagez-vous un temps suffisant pour pouvoir lire la pièce d'un seul tenant (ici une heure suffit largement).

Si vous le pouvez, lisez à haute voix : votre rythme sera meilleur; la musique des mots frappera plus intensément votre oreille.

N'oubliez pas que cette œuvre fut conçue par Musset pour être lue à un auditoire, pour être jouée sur une scène. Le théâtre n'est pas un genre littéraire, c'est un art de la scène.

Musset, poète romantique du XIXe siècle, fut le chroniqueur des mœurs de son temps. Lorsqu'il écrit *L'Âne et le Ruisseau*, pour la scène, lorsqu'il fait parler ses personnages, il sait que le dialogue ainsi créé ne pourra véritablement toucher son public que par l'intermédiaire de deux actrices et de deux acteurs.

Ne soyez pas timides face à Musset : son génie a besoin de votre art pour nous parvenir ! Et si Musset à besoin de vous, n'oubliez jamais que vous aurez, tout au long de votre travail, besoin de Musset.

Pour vous donner les moyens d'être pris par l'œuvre dès la première lecture, placez-vous dans les conditions proches de celles d'un spectateur qui, lui, entendrait la pièce dans sa continuité, sans la lire, et sans être dérangé par le téléphone !

Construire un projet de mise en scène

Mettre en scène *L'Âne et le Ruisseau* : examinez un instant, de façon très primaire, ces sept mots... *L'Âne et le Ruisseau* est un livre. Posez-le sur une scène. Essayez. Il n'y a pas de danger... Il ne se passe pas grand-chose.

Ce qu'il nous faudrait, c'est une sorte de « baguette magique » qui aurait le pouvoir de faire sortir de ce « livre » les personnages qu'il contient et de leur donner vie ; de leur offrir un environnement propice aux sentiments qui les animent, de les habiller, de les modeler physiquement pour que leurs conflits, leurs amours, leurs attirances, leurs troubles puissent naître, vivre et s'achever. Cette baguette n'existe pas (c'est tant mieux, ce serait trop facile), mais si elle existait elle s'appellerait dramaturgie, scénographie et direction d'acteurs...

Voici donc ce que vous aurez à faire.

De la dramaturgie : c'est-à-dire découvrir, trier et organiser les thèmes, les idées et les sentiments que vous voulez mettre sur la scène.

De la scénographie : c'est-à-dire choisir l'espace dans lequel vous allez jouer cette histoire ; la manière dont vous allez « meubler » cet espace ; la façon dont vous allez habiller les acteurs qui évolueront dans cet espace ; déterminer l'éclairage (la lumière) pour cet ensemble, et choisir la musique et les sons...

De la direction d'acteurs : c'est-à-dire aider les acteurs à jouer. Les aider à trouver le meilleur moyen d'incarner les thèmes de votre dramaturgie.

Vous devrez les aider à se déplacer, à se regarder, à s'écouter, à se parler, à s'aimer, à se désirer, à se haïr aussi un peu... En fait, vous devrez les aider à *vivre* cette histoire, et sans aucun doute ce sera le plus difficile.

«L'Âne et le Ruisseau» : invitation au voyage

Voilà, c'est fait, vous venez de lire *L'Âne et le Ruisseau*, seul ou à plusieurs. La pièce vous plaît, vous ne savez pas très bien pourquoi... (Si elle ne vous plaît pas, il est encore temps de changer de projet.)

Sachez que c'est exactement l'état dans lequel je me trouvais moi-même après la lecture. Et sachez que c'est précisément cet état-là qui me donne toujours envie d'aller plus loin.

On sent qu'il y a quelque chose à creuser ; on est touché ; on ne sait pas pourquoi... Il faut partir à la recherche de ce trésor caché... Vous voilà donc prêts à partir en voyage avec Musset. Un voyage qui s'achèvera à la fin de chaque représentation. Vous savez donc maintenant très précisément de combien de temps vous disposez pour trouver ce trésor.

Retour sur montage 2

La première de notre spectacle a eu lieu le 9 mai 2001. J'avais lu la pièce pour la première fois en janvier 2000. Mais ce n'est que le 17 janvier 2001 que mon travail de recherche a véritablement commencé. La première répétition fut fixée au 19 mars 2001. Nous répétions en moyenne six jours par semaine de 14 heures à 20 heures Nous avons disposé du théâtre cinq jours avant la première. Trente-six heures par semaine pendant un peu plus de sept semaines : cela fait 264 heures de répétitions...

Si vous êtes une troupe de théâtre amateur et que vous vous retrouvez quatre heures par semaine (ce qui est déjà beaucoup), il vous faudrait un an et quatre mois sans faire aucune pause pour répéter autant que nous.

Cependant ne vous inquiétez pas : il n'en faut pas autant pour monter cette pièce et si nous avons eu besoin de tout ce temps, c'est sans doute parce que nous ne sommes pas très rapides...

Pourtant cette disponibilité est une des grandes différences qui opposent le monde professionnel au monde amateur; c'est justement pour cela que votre travail préparatoire doit être particulièrement rigoureux.

L'heure des choix)

Le travail à la table

Ce travail peut être fait seul ou en groupe. Nous appelons cela le « travail à la table ».

Il est important de prendre le temps de se poser les bonnes questions avant de se lancer à corps perdu dans les répétitions.

Ce travail à la table vous permettra de dégager les thèmes et les idées qui constitueront votre spectacle.

Vous devrez analyser l'écriture, le style. Plonger à l'intérieur du texte. Il faudra véritablement s'immerger dans ces mots-là.

Pour cela, ayez toujours un dictionnaire à portée de la main. On s'aperçoit souvent trop tard que l'on ne comprend pas vraiment le sens de chaque réplique que l'on est amené à prononcer.

À la fin de ce travail de lecture approfondie, vous devriez pouvoir répondre à ces trois questions :

– Quelle est l'histoire que nous allons raconter au public ?

– Que nous « raconte » cette histoire ? quelle est la « moralité » de la fable ?

– Dans quel état d'esprit aimerions-nous voir les spectateurs ressortir du théâtre ?

La réponse à la première question peut se faire à l'aide d'un résumé écrit.

À la fin du travail de lecture, amusez-vous ainsi à écrire chacun un résumé de la pièce. Vous risquez d'être surpris en découvrant le texte de vos camarades de jeu, qui n'auront pas perçu l'intrigue exactement comme vous.

Mettez-vous donc d'accord pour être sûrs de jouer la même pièce.

Puis rédigez un résumé commun, qui sera glissé dans votre programme. Je vous confie ici celui que nous avons glissé dans le nôtre.

Le baron de Valbrun doit épouser la comtesse, jeune veuve, riche et belle. Le marquis de Berny doit épouser Marguerite, jeune femme, riche et belle, dont la comtesse est la cousine et la protectrice.

C'est du moins ce qui est prévu...

La comtesse attend donc que le baron veuille bien

«officiellement» lui faire sa demande, le marquis attend que Marguerite veuille bien «officiellement» tomber amoureuse de lui...

La timidité et la pudeur du baron, la fierté et l'indépendance de la comtesse retardent indéfiniment le moment du dénouement convenu.

Prisonniers de cette situation dont l'issue leur échappe, la comtesse et le marquis feignent d'être amants afin d'accélérer le cours des choses.

Qu'ils y prennent garde seulement, car à trop jouer avec le feu, on se brûle le plus souvent.

La seconde question peut également faire l'objet de la rédaction d'une liste de thèmes, d'idées à aborder et à mettre en avant au cours des répétions. Vous pouvez aussi dégager une «moralité» de la pièce. (La nôtre aurait pu être : se marier, c'est se consoler du chagrin que l'on s'est déjà fait.)

En lisant le «retour sur montage» qui suit, vous comprendrez aisément comment traiter la troisième question.

Retour sur montage 3

En vérité je rêvais souvent à des spectateurs venant voir L'Âne et le Ruisseau à deux. Les uns ressortiraient sans oser avouer à l'autre ce qui leur *avait plu dans le spectacle – fantasmes de liberté, de solitude, d'amours nouvelles. Les autres, au contraire, n'étant pas encore parvenus à «franchir le ruisseau», auraient trouvé la force de le faire après avoir vu la pièce.*

Quoi qu'il en soit, la réponse à ces trois questions constituera votre projet dramaturgique.

À ce moment-là, vous n'avez encore fait aucun choix pratique (ni de scénographie, ni de déplacement, ni de jeu, ni de rien).

Pour l'instant il s'agit de construire une ligne de pensée et de conduite.

Accumulez les informations, multipliez les découvertes, cherchez les correspondances : bref, constituez-vous une sorte de «caisse à outils» théâtrale. Plus elle sera complète, plus l'objet scénique que vous entreprendrez de fabriquer sera fini, riche, réussi.

Il existe autant de façons de monter *L'Âne et le Ruisseau* que de metteurs en scène vivants. Le choix de telle ou telle façon doit dépendre des thèmes de la pièce que vous souhaitez mettre en avant et du talent de vos acteurs pour les incarner.

Retour sur montage 4

J'accorde pour ma part une longue période de temps à ce travail préparatoire (entre un et deux mois à raison de deux heures au minimum par jour). Je m'interdis alors tout début de solution pratique aux questions que je me pose. Je prends le temps d'analyser «au fond des yeux» chaque scène, chaque réplique de la pièce. Tout devient alors important, jusqu'à l'aspect physique des mots, leur orthographe, leur typographie. Je recherche la définition de dizaines de mots dans le dictionnaire pour affiner ma compréhension des phrases, pour trouver des synonymes et pour tenter de comprendre pourquoi Musset utilise un mot plutôt qu'un autre...

Voici un exemple concret (scène première) :

LA COMTESSE : Vrai, pas du tout ! Tu n'aimes pas ce jeune homme ? Tu n'as pas fait cent fois son éloge ?
MARGUERITE : Je conviens que je le trouve... assez bien.
LA COMTESSE : Quoi ? Tu n'as pas dit que tu le trouvais charmant ?
MARGUERITE : Oh ! charmant. Il a de bonne manières, mais il est quelquefois d'une impertinence...
LA COMTESSE : Que personne n'avait autant d'esprit que lui ?

MARGUERITE : Oui, de l'esprit, il en a, si l'on veut ;
mais je n'ai pas dit que personne...
LA COMTESSE : Autant de grâce, de délicatesse...
MARGUERITE : Pour de la délicatesse, c'est possible :
mais de la grâce, fi donc ! <u>Est-ce qu'un homme a
de la grâce ?</u>
LA COMTESSE : Enfin, que tu ne demandais pas
mieux...

*La comtesse ne répond pas à la question de
Marguerite. Lors d'une lecture rapide, on peut
penser que c'est parce que Marguerite a raison :
effectivement, il semble incongru de parler de
grâce à propos d'un homme. Pourtant la définition du mot grâce contredit cela.*

Grâce : « charme particulier, beauté ».

*Oui, un homme peut avoir de la grâce... Dans ce
cas, il faut tenter de comprendre pourquoi la comtesse décide brutalement de changer de sujet.*

*Sans doute ne souhaite-t-elle pas s'engager avec
Marguerite sur ce terrain trop glissant. Après tout,
ce n'est pas Marguerite qui invoque ici la grâce du
marquis mais la comtesses elle-même, et l'interro-
gation de Marguerite le lui rappelle brusquement.
Elle change de sujet pour ne pas avoir à décrire à
Marguerite le « charme particulier » du marquis.*

*Que d'enjeux dramatiques dans cette petite
réplique anodine, et tout cela à partir de la défini-*

tion du mot «grâce» trouvée dans un simple dictionnaire...

Durant cette phase de travail de lecture «serrée», je m'amuse souvent à fabriquer des tableaux, des schémas, des croquis... Je compte le nombre de répliques, je décortique la structure littéraire, j'analyse les entrées et les sorties des personnages. J'imagine ce qu'ils font quand ils ne sont pas en scène. Je tente de repérer les moments forts, les coups de théâtre qui jalonnent l'histoire. Je traque également les faiblesses, les facilités d'écriture, les invraisemblances dramatiques.

Bref, je compte, j'analyse, j'écris, je dessine, je lis... dans le seul but d'arriver à la première répétition avec la plus grosse caisse à outils possible. Beaucoup d'outils ne me serviront pas, mais grâce à eux j'ai l'impression de pouvoir inventer librement.

Nourri de toutes ces recherches, j'ai presque l'impression d'improviser au cours des répétitions, car finalement, je n'ouvre presque jamais mes notes lorsque je travaille avec les acteurs.

Ainsi, au terme du travail de préparation de L'Âne et le Ruisseau, j'étais en mesure de dégager les thèmes que nous traiterions avec les acteurs.

Nous parlerions de l'engagement en amour. De ce désir farouche qu'ont les amoureux de s'unir, désir souvent terni par la crainte de perdre une liberté aussi illusoire que fantasmatique.

Nous parlerions de la jalousie (jalousie amoureuse, jalousie sociale).

Nous parlerions de l'amitié : amitié entre deux femmes désireuses d'indépendance et de liberté, amitié complice et solidaire, amitié féminine. Amitié entre deux hommes, amitié d'enfance, amitié indestructible, amitié jalouse. Amitié entre le marquis et la comtesse, enfin : amitié ambiguë, amitié amoureuse, amitié de désir, sorte d'amour idéal (cet amour qui vous tombe dessus sans prévenir, celui qui rend malheureux).

Mon projet : montrer deux jeunes femmes et deux jeunes hommes qui rêvent d'amour et de liberté. Deux couples qui se rendent compte un peu trop tard qu'ils se sont simplement trompés de partenaire et que l'âme sœur est l'amant de l'autre.

Ma moralité : Il faudrait toujours avoir le courage d'attendre d'être tombé vraiment amoureux de l'autre pour décider de l'épouser. Toute autre raison étant vouée à l'échec.

Lire autour

Ne négligez pas de lire, de voyager «autour» de la pièce. Vous pouvez par exemple visiter le musée de la vie romantique (à Paris), ou la demeure de Georges Sand (l'amie et la maîtresse d'Alfred de Musset) dans le Berry.

Mais il me paraît surtout indispensable de **relire _La Confession d'un enfant du siècle_**. Ce texte est fondamental pour comprendre la vie et l'œuvre d'Alfred de Musset. Le personnage de Brigitte Pierson est un mélange subtil entre la comtesse et Marguerite ; Octave ressemble à s'y méprendre au baron (c'est Musset lui-même), et son ami Desgenais ressemble au marquis.

Après la lecture de _La Confession_, vous comprendrez mieux pourquoi il est si difficile de «franchir le ruisseau».

Retour sur montage 5

J'ai eu envie de faire entendre aux spectateurs de notre spectacle quelques passages de La Confession _afin de souligner l'âpreté des relations amoureuses qui unissent nos personnages. Mais comment faire ?_

Au cours d'une discussion avec Michel Robin (sociétaire de la Comédie-Française), et en écoutant sa drôle et magnifique voix de «vieillard optimiste», j'ai eu le déclic de l'idée : à quelques moments clés du spectacle nous diffuserions l'enregistrement de la voix de Michel lisant des extraits de La Confession, *comme si le spectacle que nous présentions était une sorte de «flash back» de la vie amoureuse du baron racontée par lui-même (le «Je» de* La Confession *devenant le baron).*

*Ainsi, les derniers mots de Musset que les spectateurs entendaient n'étaient pas la dernière réplique du marquis («Allons, tâchons de nous consoler de tout le chagrin que nous nous sommes fait») mais la voix de Michel Robin prononçant ceux-ci : «J'entourai de mon bras la taille de ma chère maîtresse; elle tourna doucement la tête; ses yeux étaient noyés de larmes. Son corps plia comme un roseau, ses lèvres entrouvertes tombèrent sur les miennes, et l'univers fut oublié» (*La Confession, *troisième partie, chapitre X).*

Pendant la diffusion de ce texte, le baron et la comtesse, demeurés seuls sur la scène, se regardaient, attendris et étonnés, proches et pourtant si loin, sans oser, encore, s'embrasser.

Scénographie

Vous allez maintenant devoir dessiner votre espace de jeu, habiller (voire déshabiller) vos personnages, éclairer l'ensemble, éventuellement faire entendre de la musique et des sons, en plus des mots de Musset.

Espace, décors, costumes, accessoires, lumière, musique et sons sont les éléments qui composent ce que l'on appelle la scénographie.

Tous ces choix scénographiques doivent être faits en fonction de vos moyens et de votre projet.

En ce qui concerne les moyens, il s'agit autant des moyens techniques que financiers, et je sais que c'est le problème majeur que rencontrent les troupes amateurs de théâtre.

Le conseil que je pourrais vous donner est de tenter de transformer ces contraintes en atouts. «Si tu n'as pas ce que tu aimes, aime ce que tu as», dit le dicton populaire. C'est exactement ce qu'il va falloir faire.

Bibliothèque ou théâtre

Prenons un exemple concret : le lieu que l'on vous prête pour jouer *L'Âne et le Ruisseau* n'est pas un théâtre mais la salle de lecture d'une bibliothèque.

Ne vous dites pas : « Quel dommage ! », dites-vous plutôt : « C'est une bêtise de jouer cette pièce autre part que dans une bibliothèque. »

Dans le premier cas, vous risqueriez d'attraper un lumbago en déplaçant les rayonnages pour tenter de recréer un semblant d'espace de jeu. Dans le second cas, vous exploiterez le labyrinthe de la bibliothèque à l'image des circonlocutions de l'esprit du baron. Vous inviterez votre public à se déplacer entre les rayonnages, le laissant découvrir à sa guise et à la dérobée la complicité amoureuse de marquis et de la comtesse. Vous accentuerez ainsi l'aspect secret de cette relation. Votre public sera touché par la proximité, par la non-théâtralité. Le discours amoureux sera plus intense, plus troublant, plus immédiat.

Faire vivre ces personnages dans un monde de livres serait aussi judicieux pour accentuer la façon « romanesque », un peu fantasmatique, qu'ils ont d'envisager leur vie. Le marquis n'invoque-t-il pas le « manque de littérature » de la comtesse ?

« [...] Je ne finirais pas si je voulais détailler.
L'arme la plus acérée, c'est la coquetterie la plus
meurtrière, c'est le dédain. Et vous ne voulez pas
tenter une expérience si naturelle ? Mais vous
n'avez donc rien vu, rien lu ?... vous manquez de littérature » (VIII, p. 46).

Musset vivait sa vie comme un roman. Faire naître
ses personnages de livres et les faire vivre au milieu
de livres, voilà peut-être qui serait une belle idée de
théâtre...

Êtes-vous convaincus ? Plutôt que de regretter ce
que vous n'avez pas, faites en sorte d'utiliser ce que
vous avez. Un conseil valable pour les costumes, les
lumières...

Si vous ne disposez pas d'un éclairagiste, si votre
lieu de représentation n'est pas équipé en projec-
teurs, trouvez une solution qui (encore une fois) ser-
vira votre projet. Solution que vous auriez d'ailleurs
peut-être mise en œuvre, même si vous aviez disposé de gros moyens...

Fabriquez-vous une rampe d'éclairage avec des
bougies et des boîtes de conserves découpées
(attention au feu). Effet onirique garanti, et particulièrement bienvenu pour les scène IV et VIII.

Trouvez des batteries de voiture et branchez dessus des phares récupérés dans une casse. L'effet bla-

fard sera parfait, surtout pour le monologue du baron, scène X.

Bref, inventez des solutions techniques qui sortent des sentiers battus et évitent les lumières «salle des fêtes» trop souvent utilisées par les troupes de théâtre amateur.

Ne bridez pas votre imagination : créez.

Un dernier conseil : sachez qu'il est toujours plus facile techniquement et financièrement de créer de la lumière et du son que des décors et des costumes. En outre, le pouvoir d'évocation de la lumière et du son, leur efficacité théâtrale, sont plus forts quand on ne dispose pas de moyens importants. Pourtant cet aspect de la scénographie est trop souvent délaissé par les amateurs.

Les contraintes, les impératifs

Pour monter *L'Âne et le Ruisseau,* vous êtes contraints d'avoir une porte dans votre décor. Derrière cette porte se trouvent les appartements de la comtesse, elle doit donc...

Le Marquis : Et de quoi souffres-tu, je te prie? Pousse cette porte. Elle t'attend.

LE BARON : Oui, le bonheur est peut-être là, derrière cette porte... Je ne puis l'ouvrir... je reculerais sur le seuil... l'espérance ne veut plus de moi.

LE MARQUIS : Pousse donc cette porte, te dis-je ! Tiens, Henri, sais-tu, en ce moment, de quoi tu as l'air ? Tu ressembles, révérence parler, à un âne qui n'ose pas franchir un ruisseau *(scène IX, p. 67)*.

... être distincte des autres entrées ménagées dans le décor.

Vous devrez également munir votre baron d'un chapeau pour pouvoir y déposer la vraie-fausse lettre d'amour du marquis.

MARGUERITE : Où avez-vous trouvé cette lettre ?

LE BARON : Dans mon chapeau ; ici, à l'instant même.

MARGUERITE : Dans votre chapeau ? *(scène XI, p. 75)*

Ces deux contraintes matérielles sont les seules de la pièce.

Retour sur montage 6

Le théâtre dont nous disposions était le Studio-Théâtre de la Comédie-Française. Petit théâtre frontal de 140 places. Scène cadrée d'environ 7 mètres d'ouverture pour 5 mètres de profondeur.

Lorsque j'ai réuni mon équipe scénographique pour lui présenter le projet, j'ai expliqué à Jérôme Kaplan, qui allait dessiner les décors et les costumes, que l'important pour moi était que le public croie à l'histoire que j'allais lui raconter.

À partir de là je lui ai demandé de bannir de son projet toute excentricité scénographique. Pas de décalage entre la langue et l'image. Donc un décor 1850, des costumes 1850 et des lumières 1850.

Objection du scénographe : «Le public peut-il être totalement touché par une "reconstitution historique"»? Objection retenue.

Et de me tourner vers Bertrand Maillot, à qui j'avais confié la composition de la musique du spectacle, pour lui demander de composer une musique extrêmement contemporaine, destinée à asseoir le spectacle dans le présent du XXIe siècle. Maillot trouva d'ailleurs son inspiration dans la lecture de La Confession d'un enfant du siècle. C'est cette œuvre-là qu'il a mise en musique.

Puis il fallait réfléchir au décor et aux costumes. Nous voulions faire un théâtre naturaliste, un théâtre proche, un théâtre de gros plans, afin de toucher l'intimité du spectateur. En «décorant», en «reconstituant», nous risquions de nous éloigner de ce projet.

Il fallait construire un lieu propice au jeu de l'amour. Un lieu d'échange. Un lieu où les corps, autant que les mots, seraient mis en avant. Un lieu où l'on puisse se mettre à nu. L'idéal eût été de trouver un cadre qui réponde à toutes ces questions, qui aurait pu exister en 1850 et qui n'aurait pas beaucoup changé depuis.

C'est en me posant toutes ces questions que m'est venue l'idée du vestiaire sportif.

J'ai eu cette idée soudainement, en visitant par hasard le terrain du jeu de paume du château de Fontainebleau. Il m'a suffi de pousser une petite porte de bois pour être soudain transporté hors du temps. Il y avait là deux hommes qui faisaient une partie... Ils avaient l'air tout droit sortis du XIXᵉ siècle. En discutant avec l'un de ces drôles de joueurs, j'ai découvert que l'histoire du jeu de paume et celle du théâtre sont étroitement liées : les représentations des troupes itinérantes avaient souvent lieu dans les salles de jeu de paume...

J'ai découvert alors leurs drôles de raquettes tordues (très théâtrales), leurs drôles de balles qui ne rebondissent presque pas (très théâtrales aussi). Je regardais le filet qui sépare le terrain des spectateurs et je l'imaginais déjà à la place du rideau de notre scène.

Jérôme Kaplan dessina donc des tenues de sport imaginaires, mais qui eussent pu exister en 1850. (En vérité nous étions plus proches de l'imagerie des parties de tennis de l'entre-deux-guerres.)

Un vestiaire. Un lieu de passage. Un lieu ou l'on se met à nu, un lieu qui précède le jeu. Un lieu où le corps est roi. Lieu intime, propice aux confidences. Il ne restait plus à Jérôme qu'à concevoir le décor. Notre vestiaire donnerait directement sur les appartements de la comtesse par une grande porte noire à double battant : porte imposante, porte angoissante, ruisseau géant pour notre âne de baron. Derrière la porte, «en découverte», un début de chambre à coucher de femme : velours, parfums, satin...

Dans le vestiaire, au mur, des patères servant à accrocher les tenues de sport. Un petit banc pour s'asseoir et un petit rideau pour se cacher lorsque l'on est «nu». (Ce petit rideau nous servait pour dissimuler les «gestes d'impatience» du marquis au cours de la scène VI.)

Côté jardin (à gauche lorsqu'on est spectateur), une porte s'ouvrait sur l'extérieur. Extérieur que nous évoquions à l'aide d'un chemin de gravier invisible aux spectateurs, mais dont le bruit lorsque les acteurs marchaient dessus évoquait avec force un joli petit parc à la française.

Jouer avec les pieds

C'était d'ailleurs assez cocasse de voir les acteurs en coulisses marcher joyeusement sur ce chemin de cailloux. *Nous jouions même une partie de la scène V en coulisses (laissant le plateau totalement vide), en piétinant sur les cailloux disposés jusque dans le monte-charge du théâtre.*

En hauteur, trois grandes fenêtres : reconstitution exacte de celles du jeu de paume de Fontainebleau. Derrière les fenêtres : le ciel.

L'espace était peu meublé, presque vide, occupé par quelques accessoires de sport : raquettes, balles et matériel d'escrime (fleurets dont nous nous servions pour le «duel» de la scène XIV).

Pierre Peyronnet, qui avait pour mission d'éclairer le spectacle, avait choisi de reconstituer «en accéléré» le déroulement d'une journée. Cet éclairage «réaliste», avec quelques accélérations temporelles, correspondait très bien au projet dramaturgique. Nous profitions de quelques moments précis (par exemple lorsque le baron se retrouve seul au début de la scène X, juste avant qu'il ne trouve la lettre du marquis dans son chapeau) pour accélérer le temps à l'aide d'une bascule lumière assez visible du public. Ainsi, les spectateurs avaient le sentiment que le baron était resté de longues heures seul sur son banc avant d'avoir le courage de décider d'envisager de parler à la comtesse...

Une balle jetée par-dessus le public

Dès l'entrée du public, le décor était visible par les spectateurs, mais isolé par le filet dont nous parlions plus haut. Lorsque le noir se faisait dans la salle, une balle (perdue ?) traversait tout l'espace au-dessus de la tête des spectateurs pour aller mourir dans le filet.

La musique (très agitée) démarrait.

Les deux actrices, transpirant, en tenue de « tennis », raquette tordue en main, arrivaient par la salle et ouvraient le filet.

La comtesse n'avait plus envie de jouer. Elle se changeait et demandait à Marguerite de lacer sa robe. La musique jouait toujours. Pendant le laçage, on entendait la voix de Michel Robin se mêler à la musique :

« Mesdames et messieurs, c'est une comédie,
Laquelle, en vérité, ne dure pas longtemps ;
Seulement que nul bruit, nulle dame étourdie
Ne fasse aux beaux endroits tourner les assistants.
La pièce, à parler franc, est digne de Molière :
Qui le pourrait nier ? Mon groom et ma portière,
Qui l'ont lue en entier, en ont été contents. »

(Prologue de Les Marrons du feu de Musset)

Et le spectacle commençait...

Vos répétitions

Avant d'en arriver là, il va vous falloir répéter...

Tout d'abord apprenez votre texte. Il est illusoire de répéter quoi que ce soit avec le texte en main. Savoir le texte n'est rien, mais vous ne pourrez rien faire si vous le ne savez pas. Apprenez-le avec soin en faisant la guerre aux approximations et aux erreurs. Un texte appris de travers est très difficile à remettre « droit » par la suite.

Un petit truc d'acteur pour vous aider à passer avec bonheur ce moment parfois fastidieux : relisez votre texte dans votre lit juste avant de vous endormir... Vous serez surpris de l'avoir mémorisé durant votre sommeil.

Une fois que les acteurs savent le texte, établissez un calendrier de répétitions. Ayez soin de prévoir des périodes de travail d'au moins deux heures.

Pour les répétitions, commencez toujours en douceur par une « italienne » : chaque acteur dit son

texte sans chercher à jouer, il s'agit surtout de véri-
fier sa mémoire. Ne vous souciez ni des regards ni
des déplacements. Au contraire, «baladez-vous
dans l'espace», doucement. Et glissez sans transi-
tion brutale de la vie au théâtre...

Un à un les joueurs se mettent en marche.
Doucement ils se lancent, et sans s'en rendre compte
ils se sont mis à jouer. Ils improvisent, ils reproduisent
ce qui a déjà été fait... Cela se fait tout seul.

Arrivés au terme de la scène, regroupez-vous
autour de l'œil extérieur (celui du metteur en scène
ou celui de l'acteur qui n'est pas dans cette scène-là),
et demandez-lui de vous décrire simplement ce qu'il a
vu.

Déterminez ensemble les zones d'ombre. Relevez
les éléments nouveaux que vous venez d'improviser
et décidez s'il faut les conserver (si votre projet dramaturgique est précis, ce sera très facile). Si oui,
notez-les et tentez de les reproduire lorsque vous
reprenez la scène. À l'inverse, écartez les solutions
scéniques qui contredisent votre projet de départ.

Et... recommencez. (N'appelle-t-on pas ce travail
«répétition»?) Surtout, cherchez, revenez en
arrière. Ne vous contentez pas d'adopter un «ton
juste.» Vivez les situations véritablement et avec
engagement.

N'oubliez jamais de vous amuser. Laissez faire
votre instinct d'enfant...

« Jouer est un jeu », écrit Peter Brook dans *L'Espace vide*.

Pour ne jamais perdre l'élan et le plaisir du jeu, ne répétez pas de trop petits fragments de texte. Travaillez toujours au moins par morceau d'une dizaine de répliques, ceci afin d'éviter le rabâchage et le travail « à l'intonation », qui est anti-créatif...

Retour sur montage 7

Je répète mes spectacles par couches successives. Je monte rapidement toutes les scènes et au bout d'une semaine, nous faisons un « filage » (c'est-à-dire que nous jouons toutes les scènes sans nous arrêter). Ensuite nous retravaillons chaque scène dans le détail, puis de nouveau un filage... et ainsi de suite jusqu'à la première.

Cette méthode a pour avantage de ne jamais perdre de vue le projet global et aussi de ne privilégier aucune scène par rapport à une autre, même s'il est évident que certaines scènes nécessitent plus d'attention que d'autres... Elle offre aussi aux acteurs et au metteur en scène la possibilité de se tromper de voie.

Or, avoir le droit de se tromper est une condition impérative pour réussir.

Aux portes de la représentation)

C'est le grand jour. Le grand soir. À partir du petit livre que vous tenez aujourd'hui entre les mains, vous avez créé un spectacle. Vous allez devoir jouer quinze scènes à la suite. Cela va durer entre une heure et une heure vingt...

N'oubliez pas de (re)vivre les situations que vous avez mises en place.

Vous y parviendrez en tentant de vous replacer dans l'état d'esprit qui vous habitait lorsque vous avez « trouvé » la scène la première fois.

Ne vous souciez pas de votre trac, il passera tout seul... sur scène.

N'ayez pas peur du trou de mémoire. Ces trous noirs (s'ils existent) n'ont en fait rien à voir avec la mémoire... (Nous l'avons vu : il y a bien longtemps que vous connaissez votre texte sur le bout des doigts.)

Jouez avec vos partenaires. «Que cherches-tu en toi ? Tu n'y trouveras rien. Cherche dans ton partenaire», disait le professeur Stanislavsky à ces élèves.

Aimez-les. Aimez-vous. Et tout ce passera bien...

Oui, c'est cela finalement le théâtre : une histoire d'amour.

Retour sur montage 8

Le public faisait la queue, puisqu'on ne réserve pas au Studio-Théâtre (longuement pour certains, arrivés dès 16 heures alors que la salle n'ouvre qu'à 18 heures). Il montait les escaliers, s'installait au bar. Il découvrait le programme. Il y lisait ceci :

De l'Amour selon Musset

Un regard croisé, une main frôlée, un silence complice : notre vie amoureuse se blesse parfois à ces instants fugaces et dangereux que les jaloux nomment tromperie et que les timides ne nomment pas.

L'Amour naît dans le mystère et sur du vide.

«Qu'est-ce que c'est, je vous le demande, qu'un lien plus dur, plus solide que le fer, et qu'on ne peut ni voir ni toucher ? Qu'est-ce que c'est que de rencontrer une femme, de la regarder, de lui dire un mot, et de ne plus jamais l'oublier ? Pourquoi celle-là plutôt qu'une autre ? » (Alfred de Musset, *La Confession d'un enfant du siècle*).

L'Amour s'incarne dans l'engagement et se déploie dans le couple. Mais où peut-il survivre ?

Nos quatre personnages doivent s'engager, doivent s'épouser. Lequel en a envie ?

Marguerite y voit la perte de son indépendance («[...] *je prétends savoir me conduire; je prétends qu'on ne me guide pas; je ne souffrirai pas qu'on me guide* », scène première, p. 17).

Le baron y voit la perte de sa douleur («*Oui, le bonheur est peut-être là, derrière cette porte... Je ne puis l'ouvrir... je reculerais sur le seuil... l'espérance ne veut plus de moi* », scène IX, p. 67).

Le marquis y voit la perte de sa gaieté («*Songez donc que je vais me marier, c'est la dernière fois de ma vie qu'il m'est permis de rire encore, c'est ma dernière folie de jeune homme...* », scène VIII, p. 52).

La comtesse y voit – peut-être – la perte de tout cela à la fois. («*Car je suis libre... je puis disposer de moi... comme je l'entends... rien n'est décidé... tout peut être rompu d'un jour à l'autre... je ne sais trop moi-même, non, en vérité, je ne saurais dire...* », scène première).

L'œuvre d'Alfred de Musset tout entière est un grand balancier qui n'explore les amours idéales que pour mieux les détruire.

L'Âne et le Ruisseau fut la dernière pièce de Musset. Le spectateur s'en étonnera peut-être. On y trouve en apparence plus de légèreté que de souffrance, plus de badinage que de débauche. J'y vois là une marque de confiance de Musset pour l'avenir. Ces jeunes gens ont appris à travers le poète à contrôler, à maîtriser leurs passions.

Ici, personne ne mourra. On ne verra ni meurtre, ni suicide, ni tromperie, ni orgie, ni ivresse, ni carnaval, ni duel.

Pas de cris.

On apercevra peut-être une larme. Peut-être deux.

On s'aimera en secret. On se trompera en silence et on se mariera par raison en espérant « se consoler de tout le chagrin que nous nous sommes fait ».

Ce chagrin réel, vrai et profond. Ce chagrin qu'on peut vivre ailleurs qu'au théâtre et que Musset a si bien connu.

Ce chagrin qu'on nomme Amour.

Le public gagne la salle. Les acteurs sont en loge. Ils attendent. Ils se préparent doucement, bercés par le bruit « grommeleux » des spectateurs qui discutent et des « retours son » placés dans les cou-

lisses. Je suis vide, exclus. Je suis désormais inutile et c'est tant mieux. Le théâtre appartient aux acteurs.

À vous le relais

Ceux qui savent lire entre les lignes trouveront sans doute ici quelques conseils utiles pour mener à bien le montage de ce petit bijou de Musset.

J'espère vous avoir donné l'envie de vous lancer dans cette aventure.

J'espère également qu'elle vous permettra de vivre une histoire aussi forte que celle que nous avons vécue tous ensemble, avec Denis, avec Laurent, avec Françoise et avec Florence...

Autres titres de la collection ⟩

Jacques Prévert, *À perte de vie*
Jacques Prévert, *Le Beau Langage*
Raymond Queneau, *En passant*
Jean Tardieu, *Finissez vos phrases!*
Jacques Prévert, *Le Bel Enfant*
Roland Dubillard, *Le Gobe-douille
et autres diablogues*
Marcel Aymé, *Trois contes du chat perché*
Robert Desnos, *La Place de l'Étoile*
Rudyard Kipling, *La Comédie de la jungle*
Jules Romains, *La Scintillante*
Jean Tardieu, *Ce que parler veut dire*

Loi n°49-956 du 16 juillet 1949
sur les publications destinées à la jeunesse
ISBN 2-07-055197-0
Numéro d'édition: 06695
Numéro d'impression : 58133
Dépôt légal : février 2002
Imprimé sur les presses de la Société Nouvelle Firmin-Didot